無職轉生

到了異世界就拿出真本事

21

理不尽な孫の手

Rifujin na Magonote

Kadokawa Fantastic Novels

神子
魯迪烏斯

克蕾雅
塞妮絲
基斯
人物介紹

「臂膀啊，吸收殆盡吧。」

無職轉生 21

到了異世界就拿出真本事

理不尽な孫の手
Rifujin na Magonote

插畫：シロタカ

Kadokawa Fantastic Novels

無職轉生～到了異世界就拿出真本事～㉑

CONTENTS

第二十一章 塞妮絲篇

「再怎麼渾蛋，父母還是父母。」

Ever if it's wrong, it's affection.

著：魯迪烏斯・格雷拉特

譯：金恩・RF・馬格特

第二十一章 塞妮絲篇

第一話「裝蒜」

我們抵達了冒險者區。

我發動魔術後使出的跳躍，經由不斷反覆訓練，幾乎已經不會有著地失敗的問題，因此這次並沒有把腿摔斷。

時間……自從開始移動之後，大概過了十幾分鐘吧。

如果是從塞妮絲不見後開始算起，已經過了好幾個小時。

必須快點去找塞妮絲才行……

「呼——」

不過雖然心情百般焦急，在那之前還是得先重新確認狀況。

回到克里夫的家後，發現塞妮絲不在家。

她好像是被基斯帶去外面。原本以為時間久了就會回來，結果直到太陽下山也始終不見人影。

基斯雖然是S級冒險者，卻並不擅長逞凶鬥狠，而且還是魔族。

而魔族在這個米里斯神聖國會受到什麼樣的對待，自然是心照不宣。

因為基斯的外貌偏向獸族，似乎並沒有受到那麼嚴重的迫害，但根據當下狀況，也很有可能被誤以為綁架了處於心神喪失狀態的女性，而遭衛兵二話不說逮捕。

況且，要是拉托雷亞家知道魔族與塞妮絲在一起，不知道會發生什麼事……

拉托雷亞家的克蕾雅是個很莫名其妙的老太婆，甚至會逼迫目前狀態的塞妮絲去跟某人結婚。很難講她會做出什麼事。

不管怎麼樣，為了以防萬一，必須要盡早找到塞妮絲保護她。

「好，我們走吧，愛夏。」

「哥哥，先……先等一下……」

愛夏的雙腳不停打顫，整個人癱坐在地上。看樣子似乎是嚇得腿軟。

「等不了，快點。」

「我……我知道。可是，至少，在地面上跑嘛……」

難道愛夏也有懼高症嗎？真對不起她。

我的家族似乎有許多人怕高。

像希露菲也有懼高症，我其實也不擅長待在高的地方。喜歡站在高處的，大概就只有艾莉絲吧。

話雖如此，現在沒時間顧及那種事。

「要是在地上跑會發生交通事故的。來，我們快去找母親吧。」

接下來我們必須找到下落不明的塞妮絲，或是找出帶走塞妮絲的基斯。不能把處於目前狀態的塞妮絲放著不管。

「嗚──……我走不動。」

「來，我揹妳。」

「不會再跳了嗎？」

「不會啦。」

我揹起癱坐在地上的愛夏，開始搜索。

話雖如此，冒險者區也很大。該從哪裡開始找起才好？

「哥哥，去酒館看看吧。因為是用餐時間，說不定他們正在哪裡吃飯。」

「啊，說得也對。」

我贊同了愛夏的建議，在路上以小跑步前進。

我們觀察路上比鄰而立的酒館，尋找塞妮絲或是基斯的身影。

由於是用餐時間，客人很多，但不需要一五一十地確認所有客人的長相。只要向店員打聽，自然能夠縮短每間店鋪的調查時間。

對方是神情恍惚的女性，以及一臉猴樣的魔族，照理來說應該很顯眼。我不認為會毫無目擊情報。

儘管太陽早已下山，冒險者區依舊是熙來攘往。

有抱著獵物結束委託後歸來的冒險者、與那些冒險者進行交易的商人、結束工作，出外用餐的冒險者、招攬那些冒險者的旅社及酒館店員，甚至還能聽見吵架聲音。

或許是因為時間帶的緣故，路上鮮少馬車通行。

這樣一來，塞妮絲獨自一人在路上到處徘徊，被馬車輾到的可能性也很低。

至少這點可以放心。

「猴子臉的？噢，你是說基斯嗎？我有在『春之樹梢陽光亭』看到那傢伙喔。」

在第三間就中了。

基斯來到這個國家後，也在這裡生活了一段時日。

那傢伙很能幹，想必已經到各種場所打好關係。

「請問他身邊有帶著女性嗎？」

「女性……？這就不曉得了……？」

店員歪著頭思考，但不管怎麼樣，去了就知道。

我向店員詢問場所，然後塞了一枚銅幣給他作為謝禮，急忙趕往「春之樹梢陽光亭」。

我有一種不太好的預感。

★
★
★

「春之樹梢陽光亭」所在的場所水準很差。

街上排排站著疑似娼婦的女性，此外也有一臉下流表情的男人像是在評鑑她們般地走著。這裡恐怕離娼婦街很近吧。想不到就連米里希昂也有這樣的城鎮啊……

話說回來，那群男人正以看著珍禽異獸般的表情注視著我們。

看來像我與愛夏這種氛圍靜謐的人物，想必在這裡顯得很格格不入。

「哈哈！喂！你那是哪種玩法啊？」

像這樣，還有人直率地向我搭話。

我現在沒有在玩啊？雖然我確實是以一流的玩家為目標，但現在並不是在床上，而且我也沒有用什麼玩法——

「等等，哥哥，這樣很丟臉，可以放我下來了吧！」

誤會了。似乎只是覺得被我揹著的愛夏很稀奇罷了。

我放下愛夏之後，方才的視線也跟著消失。

「春之樹梢陽光亭」。

店舖構造很普通，但出入的人都並非善男信女。

從裡面走出來的男人長相凶惡，如果是以前的我想必已經嚇得發抖。

不過自從來到這個世界，我也變得雄壯威武。如今出入這種店家已是毫無懼色。說實話，夏利亞的魯德傭兵團事務所反而更讓我有壓迫感。

但一想到塞妮絲或許會在這種地方，就令我感到不安。

基斯那傢伙到底在想什麼……

如果他有哪根筋不對想把塞妮絲賣到娼館，就算是基斯我也不會輕饒。給我做好失去雙手雙腳的心理準備吧。

「歡迎光臨──！」

當我們從入口進去，便聽見了店員充滿精神的聲音以及喧嚷聲。

並沒有給人排外的氛圍。格調低級的只有外側，裡面的氛圍十分開朗。客群也並非都是些地痞流氓，一般冒險者似乎也占了多數。

我一邊快速地掃過周圍客人的長相，同時向店員──

「這時候多虧我靈機一動這麼說。『該不會三個轉移魔法陣都是陷阱，其實還有其他通道？』這樣。」

連問也不用問。

在裡面那邊可以看到猴子長相的男人一邊大口喝酒，一邊洋洋得意地向年輕的冒險者高談闊論。

年輕人是頭髮翹得老高的少年、鼻子上鑲有鼻環的長髮少年，以及眼睛有些上吊，頭髮染成誇張顏色的少女，共三個人。該怎麼說，感覺就是不良集團。

可是沒看到塞妮絲。

就算環視周圍，也依舊找不到她的人影。

「結果啊，就如我預測的一樣……果然有呢，通往頭目房間的隱藏道路……」

我一站到桌子附近，基斯就注意到我了。

那一瞬間，基斯的臉色大變。擺出了「啊，慘了」的表情。

「基斯。」

「嗨……嗨，前輩。我……我正好聊到你呢。喂，你們三個，他就是『泥沼』。」

三人以一臉呆滯的表情看著我。

少女甚至還按住自己的胸口連同椅子一起往後縮。

什麼嘛……到底是怎麼談論我的啊？看到女孩子這樣排斥，就算是我也會有點受傷耶。

算了。比起這種小事，我必須要問他的事情可是堆積如山。

要從哪件事開始問呢……好，總之，先試探他是不是和人神有勾結吧。

「基斯……真遺憾啊。想不到你居然是我的敵人。」

「啊？你指什麼？」

「你應該已經在夢中的神諭，全聽那傢伙說過了吧？搞不好也聽說了我在這種狀況下會怎麼做。」

「喂喂，你在講什麼啊？夢？咦？」

基斯一邊傻笑一邊裝傻，我以指尖對著他然後灌注魔力。

接著生成岩砲彈（Stone Cannon），開始高速旋轉。猛烈的鑽頭旋轉聲頓時響徹周圍。

年輕的冒險者見狀，嚇得挺起身子。

「不准動。」

我以一句話阻止了他們。

然後，我看著基斯的眼睛，再說了一次。

「把他是怎麼唆使你的，全給我從實招來。這樣我至少能饒你一命。」

「等等，喂……喂喂，真……真的假的啊？住手，快住手…………是我不好！雖然不知道出了什麼事，但總之是我不好，別再把那個靠過來了！」

我把指尖稍微離遠了一些。

接著，基斯迅速地從椅子上跳下來，當場跪地求饒。

然後他絲毫不在意周圍的眼光，卑躬屈膝地向我道歉。

「肯定是我做錯了什麼事吧！做出了會讓前輩……不，是會讓魯迪烏斯先生這麼生氣的事情！我道歉！請原諒我！可是我真的沒有頭緒！請先告訴我是出了什麼事！要是不知道自己做錯什麼，道歉也沒有用！真的很不好意思！」

總覺得和我預想的反應實在相差太大。

反而害我完全愣住了。

難道他不是人神的使徒？

不不不，還不能下判斷。

不過，看到一直以來很照顧自己的對象在眼前像這樣卑躬屈膝……實在會覺得很過意不去。

「……我母親她怎麼了？」

「啊？」

基斯把臉抬起，歪了歪頭。雖然他的臉因醉意而通紅，表情卻是一臉不解。

假如這是演的，那確實很高明。

「就是我母親，塞妮絲．格雷拉特。」

「……塞妮絲？不是啊，我帶她繞了一下附近，馬上就讓她回家了啊？」

「就是因為沒有回家，我才會為此而來。」

我環起雙臂這樣說完，其中一名少年噗哧地笑了一聲。

仔細一看，才發現站在一旁的愛夏點著頭和我擺出了相同姿勢。現在的場合不適合開玩笑，想必是偶然吧。我狠狠瞪了少年一眼，他便「咿」的一聲全身僵住。

真是的，基斯那傢伙到底是怎麼說我的啊……

「我知道……可是，那個……我的確讓她回去了啊？」

「回哪裡？」

「你說回哪裡，就是冒險者區的入口附近啊。因為你們家的來那裡接人，所以我就交給他們了啊。」

……………咦？

使者？我家的？

我和克里夫一直待在教團本部。愛夏去買東西，溫蒂則是待在家裡……

啊，不對。

不是「我家」。

「是拉托雷亞家的人嗎……？」

「沒錯沒錯，我也有好好確認過徽章了喔。那肯定是拉托雷亞家的使者。」

我的心跳加速。

拉托雷亞家的使者，把塞妮絲，帶回去了。

冷靜，先整理狀況。首先，基斯帶塞妮絲出門。這是為什麼？

「不過，你帶我母親出門是為了什麼目的？」

「哪有什麼目的……我只是想說很久沒見到塞妮絲還有前輩，想聊一下而已啊……」

是一時興起嗎？

ＯＫ。這樣說得過去……不，等等，不太對勁。

「你為什麼知道克里夫家在哪？」

「因為我一開始是去拜訪拉托雷亞家啊。當然，我其實不是很想去那種地方，不過想說要是能幫聯絡上前輩就沒問題了……後來因為他們說你和塞妮絲因為一些緣故而住在別人家裡，叫我去那邊找你們。所以我才專程到那邊去找人。」

「你不是很排斥進入神聖區？」

「只是因為魔族要是毫無理由地在那閒晃不知道會被怎樣對待，也不是說無論如何都不想進去啦。」

基斯的說詞有些隨便。

他講得很籠統。有可能是因為他喝了酒，也有可能是感到很混亂吧。

「……」

但是我明白了。剛才那番話讓我釐清了事情的來龍去脈。

也就是說，事情是這樣的。

首先，我昨天在拉托雷亞家大發雷霆，然後衝出了那個家。不過，我們徒步走回去時，應該有人在背後跟蹤。而我一時大意沒察覺到這點，導致住的地方被對方掌握。

話雖如此，拉托雷亞家與格利摩爾家以派閥來說算是敵對關係。就算出面要求我們交出塞妮絲，也不難想像會碰釘子。可是若要襲擊格利摩爾家，以情勢上來說應該也很難。雖說排斥

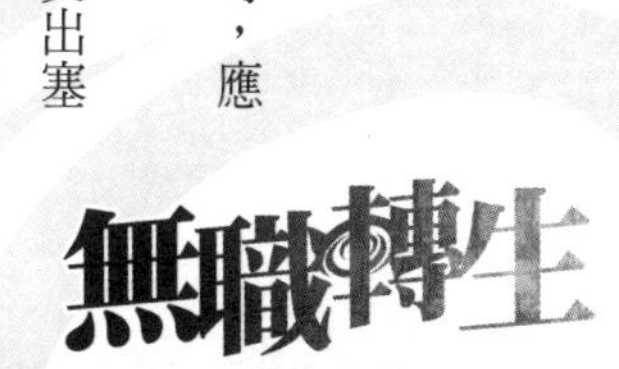

魔族的派系占有優勢，但也有可能因為一件事而形成垮台因素。

因此，拉托雷亞家利用了基斯。

這個漫不經心地出現在自己家，一無所知的魔族男子。

原本應該要把他狠狠趕回去，但與此同時，他也是排斥魔族派系的自己理應不會用到的棋子。

他們利用這個男人，將塞妮絲帶到外面。

當基斯把塞妮絲帶出來後之所以沒有立刻把人帶走，應該是考慮到身邊是否有護衛存在。

然而，並沒有護衛。畢竟我出門不在，而愛夏也很不巧正好外出。

以結果來說，拉托雷亞家很幸運，順利地帶走了塞妮絲。

之後就算我說什麼，他們都能夠佯裝自己並不知情。

基斯？不認識呢。況且我們怎麼可能會認識那種骯髒的魔族，類似這樣。

至於被擄走的塞妮絲，把她藏在某處就好了。

只要派一名看護貼身照顧，要監禁她是易如反掌。

「喂……喂，前輩，出了什麼事啊……」

「……沒事。是說，拉托雷亞家的人告訴你住處時，是怎麼跟你說的？」

「咦？噢，對方說塞妮絲也才剛回來不久，肯定很懷念故鄉，如果待在家裡就把她帶出門這樣……」

這件事無法責怪基斯。因為他並不知情。說會去拉托雷亞家一趟，會在那叨擾一陣子的人是我。

既然認為我待在那個家，就算拉托雷亞家對基斯的態度沒有針鋒相對，他也不會起疑。要是在這種狀態下被鼓吹各種情報，成為被人操縱的棋子也是情有可原。

糊塗的人是我。果然應該要今天就直接讓塞妮絲回家才對。

在拜訪完拉托雷亞家的當下，塞妮絲就沒有必要再待在米里希昂。儘管會花點時間，還是應該把塞妮絲送回家裡，再全神貫注地開始攻略米里希昂才對。

明明時間上也不算緊湊，卻把會成為弱點的存在留在身邊，根本就錯了。

就算等一切都結束之後，再私底下帶塞妮絲來這邊觀光也不遲。

但是，再後悔也無濟於事。

總之，現在必須要把塞妮絲帶回來才行。

「基斯……其實——」

我向基斯說明了事情的來龍去脈，並要求他協助此事。

畢竟在這種狀況下，最好還是仰賴這傢伙的能力。雖說是遭到利用，但是這傢伙也有一部分的責任。況且從剛才的一問一答來看，我想他並不是人神的使徒。

「……真的假的啊？」

當我全部說完之後，基斯面露苦澀表情。

「這樣啊，我確實是覺得有點奇怪。在拉托雷亞家明明前輩沒有出來介紹，對方卻很乾脆就告訴我住處……我還以為肯定是前輩事先把話給交待清楚了……要我帶她到外面，也是因為這樣啊……」

彼此情報有了些偏差。結果給了對方見縫插針的機會。

不過，任誰都會犯錯。

馬上彌補錯誤吧。

「知道了。既然這樣，我也來幫忙吧。」

「拜託了。」

儘管知道可能只是白跑一趟，但我們得到基斯這個同伴後，便火速地趕往拉托雷亞家。

★ ★ ★

抵達拉托雷亞家時，四周已是一片悄然無聲。

晚餐時間也過了，是正要進入就寢時間的時間帶。

雖然我打算盡快趕來，但畢竟抱著兩個人移動。不管怎麼說都得花上一段時間。

愛夏哭喪著臉嘀咕一聲：「哥哥這個騙子……」，不過先把她放在一邊吧。

「還醒著呢。」

好啦，拉托雷亞家依舊是燈火通明。

然而，門口卻不見人影。也沒有門鈴。這種狀況下想呼喚屋內的人，該怎麼做才好呢？

大聲呼喊就行了嗎？

……要是有客人來要怎麼辦啊？不對，會在這種時間來的客人，打從一開始就打算讓他們吃閉門羹吧。

不管了，直接上吧。

「我是魯迪烏斯！請問有人在嗎！」

我一邊使勁地敲著大門，同時大聲喊叫。

我才不管會不會打擾到鄰居。

雖說這種舉動或許並不正當，但我有理由。

如果拉托雷亞家綁架了塞妮絲，他們自然難辭其咎。

如果拉托雷亞家沒有綁架塞妮絲，代表出現在基斯面前的拉托雷亞家使者是冒牌貨，塞妮絲是真的遭到綁架。

儘管我打算與這個家斷絕關係，但既然對方假冒拉托雷亞家的名義，對這個家族來說勢必是個問題。

「……」

然而卻沒有回應。我再次敲門，持續大喊。

金屬製的格子門受到穿著魔導鎧（Magic armor）的拳頭敲擊，開始慢慢地扭曲。

「我想談談關於我母親的事！」

然而，依舊是沒有回應。

是不是該乾脆破門而入？

「再不出來我就把門打破了喔！」

姑且事先聲明之後，我把魔力灌注在右手。

要是以為這種程度的門能擋住我，可就大錯特錯了。

「喂……喂，前輩，先等一下啦！打壞不好吧。」

被制止了。

把門打破確實太誇張了嗎？看樣子我是有點太激動了。

但是，畢竟我現在很焦慮。昨天克蕾雅說了要讓塞妮絲出嫁去生孩子這種話。找到對象，舉辦婚禮，決定住處，然後生小孩……

像這樣冷靜想想，其實還有時間。不需要著急。

只要打探拉托雷亞家的動向，想必總有一天能找到塞妮絲的所在處。

但是，現在有一個問題。

要是把生小孩這部分單獨拿出來討論，哎呀真是不可思議。

只要準備好男人與女人把他們扔到床上，哪怕只有三十分鐘，會有的就是會有。

然後，在這個世上也存在著「既定事實」這個詞。

找到塞妮絲時，她也有已經遭到某人糟蹋的可能性。

我雖然希望克蕾雅不至於對自己的女兒如此絕情，但是那個瘋狂老婆婆甚至想把處於心神喪失狀態的女兒嫁出去，實在猜不透她的想法。

所以不急也不行。

只不過，把門打破確實是操之過急。

雖說只要轟一發岩砲彈下去就能解決，但巨響會引來人群。我不是很清楚這個國家的法律，但破壞大門顯然不可能無罪。一旦人群聚集，衛兵出現，成了犯罪者，勢必也會對教皇與克里夫造成困擾。

所以我得想清楚後果再行動。

「說得也是。那就先用土魔術開鎖再偷偷地——」

「偷偷地，是打算做什麼呢？」

聲音從門的另一邊傳來。

回過神來，格子門的另一邊在不知不覺間已經站著五名男女。

三名士兵、一名管家。然後，是身穿高級服裝的一名老婦。

「三更半夜的，請問來本家有何貴幹？」

「……」

克蕾雅．拉托雷亞。

是因為聽到我的聲音而出來的嗎？還是說，她原本就做好準備迎接我呢……

「克蕾雅夫人……這種做法是不是有些太骯髒了？」

「這話是什麼意思？」

「就是妳利用基斯，綁架了母親的那件事。」

我這樣說完，克蕾雅便望向基斯，皺起了眉頭。

「綁架？我完全聽不懂你在說什麼。」

「我也已經預料到妳會像這樣裝傻了……」

我向基斯使了個眼色。他點頭回應之後，便指向了三名護衛的其中一人。

「是那傢伙。就是他來接人的。」

「……」

護衛被指名後，露出了不以為然的表情並聳了聳肩。

一副像是不知道我們在說什麼的臉。

「本家基於教義，禁止與魔族扯上任何關係。不可能會去利用那種骯髒的魔族。」

克蕾雅以冰冷的眼神朝基斯瞥了一眼，斬釘截鐵地這麼說道。

她的反應和事前所想的如出一轍。

「要是塞妮絲遭到某人綁架，就派出搜索隊吧。當然，也有可能是那名魔族的胡言亂語，我想，應該要向他詢問事情的詳細經過……」

「嗚……」

聽到這句話，基斯沉吟一聲，並往後退了一步。

打算封口嗎？仔細一想，基斯也有在今晚遭到殺害的可能性。

萬一演變成那樣，我就很有可能沒辦法找到這裡。

也就是說幸好我有提早行動嗎？

「那麼妳們的意思是，不管我說什麼你們都對母親的下落沒有頭緒嗎？」

「沒有。就算真的有，也沒有義務告訴已和本家斷絕關係出走的你。」

這個婆婆，怎麼總是多講一些令人反感的話啊……

是作戰嗎？讓我感到煩躁有什麼好處？

這傢伙該不會其實是人神的使徒吧？

可是我看不出她的意圖……

或者說，她也有可能真的不知情？既然這樣，是基斯在說謊嘍？為什麼基斯要說謊？

這傢伙雖然是個騙子，但應該不會說那種會傷人的謊才對。

「克蕾雅夫人……」

「有什麼事嗎，魯迪烏斯先生？假如你認為我在說謊，大可搜索整個宅邸啊？」

克蕾雅哼了一聲，對我投以冷淡的視線。

難道她有自信不會被找到嗎？還是說已經移到其他場所了？

「假如沒有其他要事，麻煩你請回吧。你已經是與拉托雷亞家毫無關係的人了吧？」

「……」

我想自己的表情正一臉苦澀。

明明眼前的人物大有嫌疑，卻苦無方法確定真相。明明雙方應該是在談判，然而我卻無言以對。

儘管擔心塞妮絲的安危，但我並不認為能夠從眼前的婆婆口中問出她人在哪。

我甚至湧起了一個念頭，乾脆綁架克蕾雅，就算來硬的也要問出塞妮絲的下落。

不，別說什麼乾脆了，就這麼做吧。

我毫無證據。只是因為基斯這麼說。

但是，如果拉托雷亞家綁架塞妮絲是事實的話……

等等，等等，先冷靜。首先要對話。

我不是打從一開始就知道她會裝蒜了嗎？

只要講清楚對方應該也會明白。就算乍看之下是討人厭的傢伙，聊過之後自然就能看到稍微不同的一面。像這種道理，我應該在前陣子才剛學到不是嗎？

「難道母親她……就和拉托雷亞家有關係嗎……」

「她是我的女兒。作為母親，自然有義務照顧脫離正軌的女兒。」

「那是指無視她本人的意願強迫她結婚的意思嗎？」

「……」

「我是塞妮絲的兒子。父親對我說過：『就算是死也要保護母親。』所以我有義務。會負起責任照顧她到終老為止，絕對不會棄她不顧。所以，請把母親還給我……」

「……」

克蕾雅沒有回答。

她只是像無地自容般移開視線。為什麼會露出那種表情？

她果然也有自己的想法嗎？她也知道自己在做的事情很不正常。

畢竟特蕾茲也沒說克蕾雅是那樣差勁的人。

所以只是彼此稍微有些誤會。肯定是這樣。好。我再稍微忍耐一下，好好跟她談談，只要問出她的意圖……

「衛兵來了呢。」

不對。克蕾雅並非移開視線。她的視線投向馬路那邊。

有一群疑似衛兵的人正單手拿著提燈從那裡跑了過來。

「若你打算繼續在這裡爭辯，我會以鬧事分子通報你，這樣好嗎？」

我瞪了克蕾雅一眼。

瞪向那個冷淡且頑固，絲毫不打算聽我說任何一句話的婆婆。

我在腦裡想像著把這個婆婆作為人質，要求她把塞妮絲還來的光景。

像這種門，對我來說有跟沒有一樣。

一口氣打破，揪住婆婆的脖頸把她舉起，對周圍的人大喊「現在立刻帶塞妮絲過來」。

連兩秒都不需要。只要一瞬間。

但是，這麼做塞妮絲就會回來嗎？

看看這個婆婆冷淡的表情。

她一臉綽有餘裕，就像是在表示要是有辦法做什麼就試試看一樣。

她應該不是認為我什麼都辦不到。

我前陣子剛在這裡大鬧了一場。由於當時整個火冒三丈，導致記憶有些模糊，但根據事後聽到的內容，我好像打飛了六七名衛兵。

現在她周圍的衛兵人數是兩個，跑過來的衛兵也是兩個。

代表她身邊的護衛甚至比我當時打飛的人數更少。

數量並非一切。

但是，她應該也明白只要我有那個意思，也能用實力逼她就範。

明明是這樣，她卻出現在這種只隔著一道門的地方。

「……其實，我甚至可以綁架妳，來硬的問出塞妮絲人在哪裡喔。」

「要是你認為這麼做塞妮絲就會回來，就試試看吧。」

她以盛氣凌人的態度說出了這種話。
她究竟是哪來的膽識？
她明明知道我辦得到，分明知道我是個一發飆就會亂來的人。
難道她認為自己怎樣都無所謂嗎？為什麼要做出這種事？
可惡！我猜不到她的意圖。難道是想要我動粗嗎……？
在這些衛兵的眼前？
「克蕾雅夫人，莫非妳曾經在夢中收到過什麼神諭嗎？」
「……啥？你突然說這什麼意思？神諭？」
有那麼一瞬間，克蕾雅冰冷的表情垮掉了。
她愣住了。發自內心露出了毫無頭緒的表情。那張臉與剛才的基斯非常神似。
看來……不是。她不是人神的使徒。
不過，那副表情也立刻就消失了。
「……哼。」
她把面對著我的臉移開，轉向了奔跑過來的衛兵。
「我們是聖堂騎士團『弓組』的街道警衛（City keeper）！剛才聽見了很大的聲響，請問出了什麼事嗎！」
「這些人——」
「明白了。我今天就先回去吧。」

我努力擠出最後一絲理性後，拋下了這句話。

歸途。我意志消沉，走在居住區的路上。

我的思考正在不斷盤旋打轉。我明白自己並不冷靜。腦海中處於無處發洩的憤怒與焦躁形成的漩渦當中。

「……」

到頭來，依舊不知道塞妮絲的下落。

但是，從剛才的一來一往，那張沉默的臉與回答當中，我很肯定一件事。

克蕾雅利用基斯，擄走了塞妮絲。

這件事毋庸置疑。

儘管我也有不對的地方……但是對方甚至連談話的機會也不給，就單方面地綁架，甚至裝蒜，拒於門外。

可惡……

「怎麼說，抱歉啊……都怪我把事情搞砸了。」

「不，基斯。不能怪你。畢竟你是為母親著想，才會踏進原本不想進來的神聖區吧？」

「嗯，是啊……」

並不是基斯的錯。他只是遭到利用罷了。

雖然我認為時機實在太過湊巧，但被人利用的時候就是這麼一回事。因為我們說不定放鬆了戒心，但對方可是虎視眈眈地在瞄準機會。

「基斯……你能幫忙找我母親嗎？」

「雖然不是沒辦法啦，但很難喔？」

「我想也是……」

基斯是魔族。

光是像這樣走在居住區，就會被擦身而過的士兵投以狐疑視線。

這樣的他要踏進居住區以及神聖區打聽情報，想來很困難吧。根據狀況，甚至有可能會被直接關進牢房。

我的手邊並沒有用來直接找出塞妮絲的手牌。

「……」

但是就算不採用直接做法，間接的手段卻是要多少有多少。

既然對方有那個意思，不擇手段做出了卑鄙的舉動，我也有自己的考量。

魯迪烏斯．格雷拉特從今天開始，就是排斥魔族派系的敵人了。

克蕾雅外婆，是妳逼我這麼做的。

「愛夏、基斯……我要做有些危險的事。來幫我吧。」

「我當然會幫忙……不過哥哥……你打算做什麼？」

愛夏一臉不安地詢問。我低頭看著這樣的愛夏，然後如此說道：

「我要綁架神子。」

基斯整個人彈了起來。

「啥！你突然沒頭沒腦地說這什麼話啊！」

他靠了過來，揪住我的肩膀一帶。

「這樣做不行啦！」

「拉托雷亞家與神殿騎士團關係匪淺。神殿騎士團是樞機卿派。樞機卿派是因為擁有神子才得以擴張勢力的吧？既然這樣，拿她作為人質應該最為有效。若是其他傢伙或許會遭到切割，但若是神子，絕對能換回母親……」

既然對方用綁架這種手段，我自然也會想以其人之道還治其人之身。

至於能用來當作交換人質的人物，我也只能想到神子。

「那當然有效啦，但你要考慮後果啊！就算那樣能讓塞妮絲平安回來，也很有可能與米里斯這整個國家為敵耶！」

米里斯神聖國怎麼樣都好。到時再用奧爾斯帝德的暴力與愛麗兒的權力使他們屈服。
我會放棄在這個國家進行活動。
對我而言，塞妮絲更為重要。
與人神的戰鬥固然重要，但我不打算捨棄自己最想守護的事物。
「前輩或許能設法擺平，但我是魔族啊。而且剛才都已經被發現我這件事有關了，肯定會被殺的！」
基斯發出悲痛的聲音。
聽到會被殺這句話，我的腦袋稍稍冷了一些，取回了冷靜。
確實，一旦與拉托雷亞家以及神殿騎士團為敵，先不說我，勢必會讓身邊的人陷入險境。
對手是一個軍團，有一堆今天中午遇到的那種人。
不知道他們會做什麼。
教皇八成沒有問題，但克里夫想必會受到集中砲火抨擊吧。
仔細想想，未來日記上也寫說殺死愛夏與札諾巴的，是米里斯的騎士團。
換句話說，一旦與米里斯為敵，就算回到夏利亞也不保證安全。
況且，這麼做無疑會對之後的發展形成巨大的障礙。
米里斯教徒在中央大陸上隨處可見。
或許在傭兵團要展開活動時，就會屢屢遭到妨礙。

原本米里斯教團應該會率先站在我們這邊。要是在與其敵對的狀況下，一旦拉普拉斯復活……最開心的會是人神吧。

不對，就算是人神也不會想到我打算綁架神子。這只是單純的被害妄想。

不管怎麼樣，綁架神子都是下策嗎？

不……等等喔。教皇當初也暗示了，希望我設法應付神子。

只要行動順利，或許就能一邊擊潰拉托雷亞家與樞機卿派，並奪回塞妮絲。

加入教皇陣營這件事本身，應該沒什麼關係吧。

反正要是我想販售瑞傑路德人偶，這就是一條無法迴避的道路。

在這個時間點加入那邊，並不是克里夫的本意。但他應該也會明白才對。

要說心裡還有什麼芥蒂，頂多就是特蕾茲吧。

神子的護衛隊長特蕾茲。我這麼做，將會對十年前與今天共救了我兩次的她恩將仇報。

……可惡。

「愛夏，妳怎麼看？」

也聽聽愛夏的意見吧。

她也正以認真的表情在煩惱，但聽到我的話後便抬起頭。

「我覺得綁架神子就太過頭了。」

「這樣啊。」

「我認為……這不像平常冷靜沉著的哥哥。」
妳的哥哥平常其實也不怎麼冷靜沉著。不過既然她會這麼說，表示我現在並不冷靜。
不冷靜的時候，很容易導致判斷出錯。
也對……
好吧，冷靜下來……至少等心情平靜後再來思考。
首先，這件事是不是人神在搞鬼？
以現階段而言，我認為太過穿鑿附會。雖說要是與那傢伙扯上關係就會延伸出無窮無盡的被害妄想，但這次基本上是我與拉托雷亞家之間的問題。目前來說就只是這樣。
雖說也有讓我對克蕾雅動粗，進而與樞機卿派對立的可能性，但這種做法太過拐彎抹角。
真要說的話，我原本就是站在教皇這邊。樞機卿派的想法與我不太合拍。
說不定人神是透過未來預知看見了樞機卿陣營與我聯手的未來，所以才將事情導向這個局面，可是，與其讓我與克蕾雅為敵，倒不如讓神子或是樞機卿這種更加顯眼且明確的存在敵對更有效果。不過劇本可能是克蕾雅其實是會積極協助我與樞機卿陣營結緣的存在，所以一旦與她為敵，自然會與樞機卿對立。
不過，這部分的狀況不管如何演變想來也不會出現任何證據，再怎麼想也沒用。
所以暫時只能認定人神這次並沒有涉入，並以此為基準行動。
而且與排斥派系敵對，其實也並非好事。

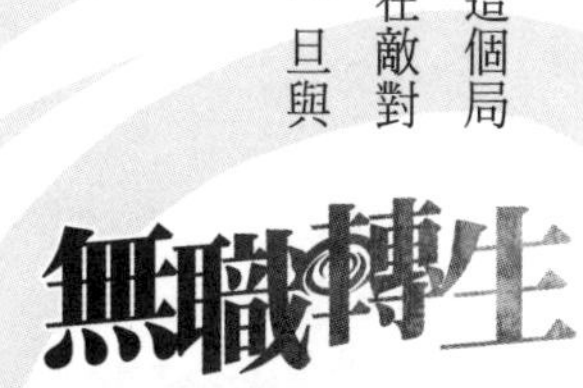

「我知道了。要綁架神子就做過頭了。打消這個念頭吧。」

再來，也不必現在就馬上採取強硬手段。

已經拜託教皇當我的後盾。就今天的感覺來看，特蕾茲對我也很友善。

只要向他們兩人說清楚，說不定就會願意協助。

在孤注一擲訴諸強硬手段之前，應該還有許多事情可做。

我今天就是為此才會去教團本部。

哪怕那個頑固的婆婆有任何企圖，她應該也不可能在這滿是問題的關鍵時刻立刻讓塞妮絲與陌生男人行房，建立既定事實。再怎麼說，他們都用了那麼拐彎抹角的方式實行綁架，應該不會這麼快就用這種會露出馬腳的做法。

「能夠商量的人很多。我們先從各方面採取對策試試吧。畢竟拉托雷亞家今後應該也會採取行動。」

我這樣說完，兩個人便摸著胸口鬆了口氣。

剛才的回答在他們看來，我似乎冷靜了下來。

「不過為了以防萬一，我希望基斯打聽出母親的所在處。雖然我覺得會很難找……不然由你指派人手也行，錢由我負責。」

「好。知道了。」

「我呢？我要做什麼才好？」

拜託完基斯後，愛夏緊握拳頭向我這樣詢問。

她可能認為自己也有責任。

「……那麼，愛夏先幫我找好傭兵團分部用的建築物。」

「咦！不是要找塞妮絲母親嗎？」

「我想先設置好通訊石板，以及緊急用的轉移魔法陣。因為我也想先詢問奧爾斯帝德大人的意見，確認這件事是否與人神有關。」

「啊，這樣啊……也對。之後呢？」

「麻煩妳一邊協助基斯，一邊尋找母親。」

「收到！」

愛夏用力點頭。

要讓身為魔族的基斯一個人去找或許很難，但只要與愛夏聯手便可說是如虎添翼。

彷彿原本找不到的東西也能找出來，讓我感到很放心。

「……可是，萬一母親的處境真的很不妙，我打算不顧後果採取行動。所以麻煩你們兩個都先做好準備，一旦出事就立刻逃跑。」

「嗯。」

「我知道。」

兩個人用力地點頭。

好，明天我再去一趟教團本部吧。

第二話「將死棋局」

隔天，我又再次處在被結界阻擋的房間中與教皇對峙。

克里夫也在我的旁邊。

「猊下，別來無恙。」

克里夫也知道昨晚那件事。

我把沒能把塞妮絲帶回來的事情顛末全都告訴了他。接著對聽聞拉托雷亞家的暴行之後顯得憤慨不已的他表示「我想借助教皇的力量」，鄭重拜託。

結果，就是我們連續兩天前來晉見。

明明教皇也不是無所事事，卻因為我來拜訪而特地騰出時間。

「魯迪烏斯先生，你看起來似乎有些疲憊呢。」

「您看得出來嗎？」

我摸了摸自己的臉頰。手上殘留著剛刮好鬍子的觸感。

一方面是因為昨晚想起了克蕾雅的一言一行，害得我焦躁到難以入眠。

想必我的臉色看起來很差吧。
「是的。您今天來，莫非就是為了那件事嗎？」
教皇的態度彷彿看穿了一切。
塞妮絲那件事，說不定已經傳到了他的耳裡。
「其實，我母親昨晚遭人綁架。」
「哦，是被誰呢？」
教皇臉上依舊掛著微笑並注視著我。
從他直接問是誰的這點來看，他果然知情嗎？
希望這件事的幕後黑手並不是教皇……
「是拉托雷亞家。」
我直接說出昨天的詳細經過後，教皇瞇起了眼睛。
「所以，你是希望我協助搜索嘍？」
「坦白說是這樣沒錯。」
教皇擺出老謀深算的表情摸了摸自己的鬍子。滑順地摸著宛如聖誕老人的鬍子。
然後，他望向我。儘管依舊笑容滿面，但眼神卻沒有在笑。
「那麼，該麻煩你為我做什麼呢……」
「猊下？」

聽到教皇這句話後發出不可置信聲音的，是克里夫。

「他是我的朋友，這次並不是在談論派閥，而是關於家人。要是因此提出其他交換條件，我認為實在有些不妥……」

「正是因為如此啊，克里夫。」

聽到克里夫這麼說，教皇以柔和的聲音，像是訓斥一般說道：

「這次是拉托雷亞家的問題，縱使我等可以出言介入，但這麼做等於是干涉了家務事。要是格利摩爾家多管閒事，拉托雷亞家想必也會很不是滋味。然而，一旦考慮到是教皇出面調解，他們還是會願意聽從。可是說穿了，這終究是母親、女兒，以及孫子之間的問題。如此一來，格利摩爾家將會欠下拉托雷亞家一筆很大的人情。」

以拉托雷亞家的角度來看，這種狀況可謂是一本萬利。

對於吃虧的那一方來說，要是不多拿些好處可不划算。

「猊下本身希望我做什麼呢？」

「這個嘛，雖然說出口是很簡單……但是我開始認為這一切對我來說實在是太過順利。『龍神的左右手』居然會一臉困擾地在眼前出現，請求我的幫助……歸根究柢，為什麼拉托雷亞家會特地與被稱為『龍神的左右手』的你採取敵對行動呢？」

「……我不清楚。會不會是因為他們手上沒有關於龍神的情報呢？」

仔細想想，克蕾雅從一開始就很看不起我。

不管是對愛夏的態度，還是她無視我一開始主動問好一事也是。

就像是在表示自己根本不知道龍神奧爾斯帝德這種鄉巴佬。

「拉托雷亞伯爵看起來那樣，但其實是名擅長蒐集情報的人物。我不認為他會遺漏掉像你這種武人的情報，當然也不會輕視你。」

說是伯爵，應該不是指克蕾雅吧。是指克蕾雅的丈夫卡萊爾。

「……我並沒有見到身為當家的伯爵。說不定是一無所知的伯爵夫人克蕾雅獨斷採取的行動。」

縱使克蕾雅手上握有情報，人的價值觀也是因人而異。

我既不是貴族，也沒有在哪個國家擔任要職。她聽過龍神的名號，但也只是聽說有這個武人存在，就算我說在他底下工作也不是很明白其意義為何，即使我說自己與愛麗兒有交情，她也不曉得我們的關係有多親密。

搞不好我只是狐假虎威罷了。

若以克蕾雅的常識來判斷，我這個人或許沒什麼價值。

「拉托雷亞家的克蕾雅夫人，確實是有些過度重視家世的人……會做出那種事，確實也是情有可原……」

教皇邊摸著鬍子邊思考，接著「嗯」了一聲點頭。

「算了，也好。俗話說不入虎穴，焉得虎子。那麼，魯迪烏斯先生……請問你具體來說能做些什麼？」

能做些什麼，是嗎？

換句話說，他的意思或許是「我能做到什麼地步」。

也就是「你的誠意到什麼地步」的意思。

「我想想……」

我想到的，是昨天不經意想到的那件事。突然靈光一閃想到，也理所當然地遭到否決的想法。

但是，這件事我辦得到。

「要綁架神子大人之類的倒是有可能。」

聽到這句話的瞬間，克里夫大喊：

「綁架？魯迪烏斯！你在說什麼啊！」

「意思就是，我能幫猊下拿下排斥魔族派系的要害。」

「我問的不是這個！要是因為這種事去綁架神子，很有可能導致拉托雷亞家失勢啊！我的意思是，你打算毀掉自己的老家嗎！」

我緩緩地轉向克里夫的方向。

「那裡並不是我的老家。」

「……！」

我將視線從無言以對的克里夫身上移開。

教皇依舊掛著和藹可親的笑容。

「當然，這不過是因為猊下問我能做些什麼，而舉出對您派得上用場的事情罷了。假使我有那個意思，要把一個城鎮化為灰燼，或是把森林夷為平地都有可能辦到。」

我只是姑且讓他看了自己的手牌，但教皇又開始摸著鬍子。

他應該是認為對自己來說這件事實在太過划算吧。說不定會以為這是某人所設下的陷阱。

不過就算他想私底下調查也無妨。起碼我這邊並沒有任何隱情。

唯一促使我行動的念頭，就只有奪回塞妮絲。

「我反對！」

克里夫唐突地大喊。

「綁架是犯罪。就算是敵人，只要由祖父出面調解，事情應該就能解決了才對！」

「……」

「魯迪烏斯，你也是！怎麼會想跟對方做一樣的事！這根本不像你……你是不是太過意氣用事了？」

意氣用事？嗯，那是當然。

克蕾雅的做法可是讓我氣到不行。我對克蕾雅·拉托雷亞感到很憤怒。

甚至到了沒有訴諸暴力都讓我覺得不可思議的地步。

如果不是扯上塞妮絲，還不至於讓我這麼憤怒。

就算艾莉絲在與北帝的戰鬥中負傷，洛琪希在與死神的戰鬥中差點喪命，我都沒有生氣。

因為她們有自己的意志。是出於自己的意志跟著我，也做好了覺悟。

而結果要是死了，我肯定會感到難過。會尊重她們的意志，並感嘆自己力有未逮。會後悔應該能處理得更好，放聲大哭。

但是，現在的塞妮絲並沒有自我意志。

她被一封信叫來，連表明去或不去都不行就被我帶來。

再加上她還有可能要與陌生男人結婚，甚至還得被迫生下小孩。

假如塞妮絲擁有自我意志，是以自己的意志來到這裡，那麼事情就另當別論。如果是在拒絕之後進行戰鬥，後來演變成那樣的結果，我還能夠忍受。雖說能夠忍受，但充其量也就是「不會生氣」這種程度，不過確實能夠忍受。

到時候，想必我內心會有一股想要自殺的念頭上湧。和憤怒不一樣的某種情緒。一種好比鬱悶心情那類的無力感。或許那是比憤怒還要來得更加難受的情感，但確實能夠忍受。

但這次，我沒辦法忍。

我沒辦法忍受她把沒有意志的塞妮絲當作道具看待。

說不定就是因為這樣，我才會想讓克蕾雅也感受到那種無力感。

是因為妳的錯才害神子被綁架。受到眾人逼問、譴責，被要求負起責任，卻什麼也辦不到而感到苦惱，進退兩難的克蕾雅。我想看的或許就是那樣的她。

簡而言之，就是想要以牙還牙。

……我真是個討人厭的傢伙。

「魯迪烏斯。現在還來得及。再多跟她溝通吧。不然要我陪你一起去談判也行。」

「克里夫學長……」

「拉托雷亞家在搜索你母親的時候也是竭盡心力吧？那應該也是為了你母親以及妹妹們著想才行動的。那麼這次的事情也只是彼此有些誤解而已，只要雙方想法能好好溝通，說不定對方也會諒解你吧？」

聽到克里夫這番話，讓我的決心稍微動搖，但立刻又回到原來的位置。

如果能透過溝通解決，我又何嘗不想。但是，那個婆婆根本就完全不聽我說話。我並不認為能跟那個婆婆和解。

不論想法還是價值觀都相差甚遠。讓我有種像是在以其他語言說話的不協調感。

與沒辦法交談的對象，是沒辦法溝通的。

「……說得也是。」

但是，稍微冷靜想想。

這些終究也只是克蕾雅與我之間在價值觀上的差異。

如克里夫所說，只要試著讓第三者居中協調，或許就會有解決方法。

教皇以立場上來說是不可能的。由他出面協調就會欠下人情。

克里夫也很勉強。因為他在這個國家還沒有舉足輕重的地位。克蕾雅或許根本不願意聽他說話。

但是，還有人可以商量。感覺能和克蕾雅溝通，而且也不會造成派閥間有所虧欠的人物。

對啊。我應該不是找教皇，而是要先和她商量才對。

「我會先和特蕾茲阿姨商量看看……猊下，非常抱歉，綁架那件事就當我沒說過吧。」

「這樣也好。」

教皇這樣說完，擺出了溫柔的笑容。

「她在神殿騎士團當中，也是一位思想特別正常的人。肯定能助你一臂之力吧……」

我對教皇這句話點頭同意，克里夫則是摸著胸口鬆了口氣。

★　★　★

我決定從隔天開始找特蕾茲商量。

然而，狀況有些問題。

她是神子的護衛隊長。以神殿騎士團的隸屬來說，擔任的職位是盾組的「中隊長(Middle Leader)」。

她從早到晚都會與神子一起生活，片刻不離地保護其安全。

至於那位神子平常的行程呢，其實也沒特別做什麼。神子與教皇等人相同，算是被軟禁在教團本部的中樞。雖說以前好像會頻繁外出，但由於差點遭到暗殺，所以現在只要沒有教團的指示就不會離開這裡。

教團本部駐守著許多神殿騎士以及神擊魔術與結界魔術的使用者，神子本身也有將近十名的專屬護衛隨侍在側。可以說是非常安全的場所。

要與那樣的神子隨時在一起的特蕾茲碰面相當困難。畢竟寄信也送不到，也沒辦法把她叫出來。

甚至讓我覺得要是當初應該要請教皇幫忙才對。

不過，也並不是毫無辦法。

根據教皇給的情報，神子並非是一年到頭都被關在房裡。

幾天會有一次極為短暫的時間，允許她移動到教團內的庭園。

是神子的自由時間。

她能移動到也開放給一般信徒參觀的庭園，看看花花草草，與幾名護衛閒話家常，聽聽碰巧待在現場的一般人說話……對於生活範圍極為狹窄的神子來說，這是為她準備的唯一樂趣。

我要抓準這個時機與特蕾茲見面。

話雖如此，若是太明目張膽地等她出現，反而會遭到不必要的懷疑。

神子是ＶＩＰ。雖說我有事要找特蕾茲，但要是做出了疑似跟蹤的舉動，必然會被神殿騎

士盯上。

所以，我決定幾乎每天都前往庭園。作為克里夫的護衛一臉理所當然地在本部露臉，一臉理所當然地待在庭園。

表面上的理由，是宣稱因為我很中意姻花樹。

而且還帶了畫布過來開始畫畫。

畢竟繪畫不可能一天完成，所以能當作每天前來的藉口。

另外，我也拜託愛夏與基斯在這段期間展開行動。

愛夏以十萬火急之勢尋找建築物，基斯則是僱人監視拉托雷亞家的傭人們有何動靜，同時搜索塞妮絲。

當然，目前依舊沒有成果。

就在做著這些事情的時候，遇上了神子的休息日。

「啊！魯迪烏斯大人！您今天也來了啊！」

神子一看到我便立刻飛奔過來。

「我們約好了！請告訴我艾莉絲大人的事！」

我遵照要求，告訴她有關艾莉絲的事。

由於艾莉絲有許多有意思的插曲，神子也聽得很開心。

護衛正在提防著我。他們的工作，就是讓可疑分子遠離神子。不讓奇怪的蟲子靠近神子，就是他們的職責所在。

不過，我並非可疑分子。我已經公開表示過自己是克里夫的朋友，況且身為護衛隊長的特蕾茲也認識我。

與神子交談之後，我找了特蕾茲商量。

「噢，是那件事啊……」

她似乎也聽聞了塞妮絲遭到綁架一事。

很認真地與我一起商量。

「我沒想到母親大人會採取這種強硬的手段……總之，我的休假也快到了。到時我也會去跟母親大人談談的。放心吧，我不會讓塞妮絲在你不知道的時候跟別的男人結婚。」

特蕾茲使勁拍了拍與塞妮絲差不多大的胸部，向我如此說道。

真是可靠。

「不過，我在加入騎士團的時候也遭到母親大人強烈反對。所以她會不會聽我的意見也很難說。」

「……要是她不肯聽的話怎麼辦？」

「到時可以找父親大人或是兄長，有的是可以商量的對象。交給我吧。」

實在很可靠。

★ ★ ★

後來過了幾天。

仍舊沒有找到塞妮絲。據基斯所說，傭人當中似乎沒有人做出可疑舉動。既沒有在外面與其他人聯絡，感覺也沒有拉托雷亞家以外的人頻繁出入宅邸。當然，也沒有疑似塞妮絲的人物進出。

因此，基斯研判塞妮絲在拉托雷亞家裡面的可能性很高。

至於愛夏那方面，她已經籌備好要用來作為傭兵團分部的建築物。是位於商業區角落的酒館舊址。愛夏現在正在打點裡面要準備的乾糧以及衣物之類。

我在那棟建築物地下設置了通訊石板，以及緊急用的轉移魔法陣。

這個轉移魔法陣採用的是需要魔力結晶的系統，雖然可以通到我手上的捲軸，但只能使用一次。

不過，這個應該不會用到吧。

總之，我啟動通訊石板，立刻與奧爾斯帝德商量。

「——事情就是這樣。」

「原來如此。」

我向奧爾斯帝德敘述了這次的事件後，他告訴了我幾項情報，以及他所預測的人神意圖。

首先，是神子的情報。

神子。沒有名字。在被教團視為神子徵召的當下，名字便遭到捨棄。之後表面上是以重要人物看待，然而私底下卻只是被視為道具。

神子的能力是「記憶閱覽」。她可以藉由注視別人的眼睛來窺見對方的記憶。

而她的工作則是審問。審問教團內部，或是被傳喚到國家法庭窺見嫌犯的記憶。理應進行了完全犯罪的司鐸、貴族，會因為神子一個人所說的話而遭到定罪。她是強力的測謊器，這股力量已得到了國王的證明。

於是樞機卿派推舉她，從而導致教皇派弱化。

不過話又說回來，記憶嗎？能看見記憶。只是看而已。

但是，我心中有一個想法。說不定神子有辦法取回塞妮絲的記憶……

雖然奧爾斯帝德是說，神子的能力只是看而已，所以八成沒用……

但要是有機會，我還是想嘗試看看。

不過外部人士若是想借用那名神子的能力，聽說就算只是拜託她稍微用一下也不行。神子的能力屬於米里斯教團，但實際上是由樞機卿派獨占，要使用就必須獲得許可。

無論是王族或是教皇，只要沒有樞機卿的許可，就無法使用神子的能力。

所以不能因為我跟她稍微有點交情，就麻煩她移駕到拉托雷亞家戳破克蕾雅的謊言。

順帶一提，這名擁有強大能力的神子，她的命運似乎相當坎坷。

不管是在哪次輪迴，大多都是在十歲前後，就算長壽一點也會在三十歲之前死去。

奧爾斯帝德說無論是從命運或是從能力的角度來看，她是人神使徒的可能性都趨近為零。

接下來，是有關拉托雷亞家。

拉托雷亞家如今成年的，扣除塞妮絲後有四個人。

現任當家，卡萊爾・拉托雷亞伯爵。

他的妻子，克蕾雅・拉托雷亞夫人。

長子，神殿騎士艾德嘉・拉托雷亞。

四女，神殿騎士特蕾茲・拉托雷亞。

身為長女的亞妮絲・拉托雷亞已經嫁到巴克蘭特侯爵家。巴克蘭特侯爵家位於米里希昂西方，大約一天就能抵達的城鎮。因此她目前並不在米里希昂。

而長子的艾德嘉也是相同。

他以神殿騎士團小隊長（Small Leader）的身分，到亞妮絲所在的城鎮赴任。

身為當家的卡萊爾是神殿騎士團的大隊長（Large Leader）。

由於職務相當繁忙，工作時幾乎都住在宿舍，頂多十天才會返家一趟。

特蕾茲就如同日前所調查的，她擔任神子的護衛，寄宿在教團本部。

基本上連休假也不會返家。換句話說，這棟宅邸實質上是由克蕾雅一個人掌管家務。

另外，我也向奧爾斯帝德詢問了克蕾雅的為人。

克蕾雅．拉托雷亞。

是拉托雷亞家的長女，自出生起就天性頑固，由於家庭教育的薰陶，成長為一個嚴以律己嚴以待人的人。一旦決定就絕不妥協的個性，似乎到死都不會改變。

其丈夫卡萊爾是入贅女婿。

他們生下了一名男孩以及四名女孩。就奧爾斯帝德所知，她不僅沒有在歷史上留名，也不會搞出什麼名堂，是個隨處可見的平凡貴族女性。

喜歡光明磊落的人物，討厭犯罪。

奧爾斯帝德也說，她這個人並不會以強硬手段綁架某人。

而且，他也將米里斯教團的內部紛爭詳細地告訴了我。

雖然這件事我已經知道了，總之米里斯教團分為教皇派與樞機卿派，彼此互相爭執。分裂的時間點大約是在三百年前。米里斯教團在那之前一律遵從經典上所寫的「應當將魔族全滅」這段記述而排斥魔族。然而一名神父看到了「任何魔族在米里斯之下皆為平等」這段記述後，提出「魔族應該也是平等的吧？」之後而導致分裂。

後來，他們分為迎合魔族的派系與排斥魔族的派系持續爭鬥。

目前的狀況如同下述。

教皇派：迎合魔族的派系。是目前最大的派系。克里夫的祖父是教皇。居住在米里斯國內

的平民以及教導騎士團的大半都屬於這個派閥。（通稱：教皇派、迎合派等）

樞機卿派：排斥魔族的派系。是擁有神子的派系。拉托雷亞家等歷史悠久的米里斯貴族以及神殿騎士團的大半都屬於這個派閥。（通稱：樞機卿派、神子派、排斥派等）

王族與聖堂騎士團則是中立。

大約在四五十年前是由排斥派一方的聲勢占優，因此在米里希昂內對其他種族有很強的反彈聲浪，與大森林的居民經常發生爭執。

然而，由於迎合派終結了與獸族之間這場規模稍大的抗爭，話語權隨之增強，使得迎合派的樞機卿一舉奪下了教皇的地位。迎合派後來有一段時間姿意妄為，直到神子出生，排斥派擁立她後，其派系的大司鐸便藉此升格為樞機卿，局勢又逐漸開始逆轉。

大概是像這樣。

最後，是與人神是否有關這點。

據奧爾斯帝德所說，目前的米里斯似乎不存在特別重要的人物。

以米里斯的國情來看，一旦拉普拉斯發動戰爭，不論狀況如何發展，都絕對不會站在魔族那邊。

不管是對人神或是對奧爾斯帝德而言，教皇派勝利也好樞機卿派勝利也罷，其實都無關緊要。

不過，我的理想是克里夫成為新任教皇。

人神也有可能為了妨礙這點而展開某些行動。

只是這樣一來，他的行動就很難以理解。我不明白擄走塞妮絲這件事背後的意義。

老實說，人神涉入這件事的機率……應該很低。

「如果你迷惘，就殺。連同他的如意算盤一起摧毀。」

奧爾斯帝德這麼說。這次我真的有乾脆這麼做的想法。

總之，目前就是這樣。

這種程度的情報，應該要事先掌握好才對。

算了，畢竟這次也是臨時才決定要前往米里斯，況且本來只是想稍微打聲招呼就返家，所以確實看得太過樂觀。

到時去王龍王國之前，再做得更確實一點吧。

又過了幾天。特蕾茲帶來了好消息。

「母親大人私底下承認她監禁了塞妮絲喔。」

「喔喔！」

特蕾茲利用為數不多的假日去見了克蕾雅一面。

當時她透過各種方式追問，克蕾雅才間接地承認自己派屬下欺騙基斯，藉此綁架了塞妮絲。

而且，也提到她把塞妮絲監禁在某個地方。

「但是，母親大人看起來果然有點不對勁……與其說是在隱瞞什麼，反而像是在猶豫。雖然我覺得她應該不是真心在考慮要讓姊姊結婚……」

「原來如此……那麼，監禁的地點是？」

「不，抱歉。我沒有問到那麼多。」

此時，特蕾茲的表情一沉。

她雖然想要打聽出監禁地點，卻失敗了。聽說她後來還試著說服克蕾雅把塞妮絲送回我的身邊。

像是儘管自己不清楚目前的塞妮絲處於什麼狀況，但應該沒有餘裕幫一個不僅守寡而且有心神喪失狀態的女性尋找對象吧。

以及雖然沒辦法實際掌握魯迪烏斯有多麼了不起，但畢竟是個能輕易讓教皇允許會面的男子，所以應該要更認真對待他。

還有既然有這種立場的男人說到死為止都會照顧塞妮絲，就交給他不就得了。

但是，克蕾雅似乎以模稜兩可的回答搪塞而過。

「到最後她問我什麼時候要結婚來轉移話題……抱歉。每次被這樣說不管怎麼樣都會跟她吵起來……」

「……」

基斯說過，自從綁架塞妮絲後，對方便沒有任何動靜。

與其說是隱瞞，反而像是在猶豫的言行舉止。

奧爾斯帝德的情報指出，她這個人並非會以強硬手段綁架某人。

果然有什麼內情吧。

……可是就算有什麼內情，我也沒有義務幫她煩惱。畢竟對方也沒有考慮到我的心情。

因為她很瞧不起我。

「算了，反正拉托雷亞家連我的對象都找不到。哪有可能馬上找到塞妮絲的結婚對象。你說對吧？」

「……咦？啊，是的，說得也對。妳說得一點也沒錯。」

雖然我不太能理解這個理論，但既然特蕾茲都這麼說了，應該就是這樣吧。

「總之，母親大人只不過是太過固執而已。接下來先把周圍的人拉攏過來吧。我已經事先和父親談過，也把哥哥與姊姊從其他地區叫來了。母親大人雖然看起來那樣，但其實會顧慮到男人的面子。只要由父親與哥哥出面，我想她應該會願意聽才對。」

「幫了我這麼多忙……實在很感謝妳。」

「不用道謝啦。畢竟錯的是母親大人。」

特蕾茲正積極地為我行動。甚至教人懷疑她為什麼會如此犧牲奉獻。

明明我們只見過一兩次而已……

「不過如果你想向我道謝，就介紹幾個阿斯拉王國的貴族或是騎士……」

「特蕾茲！你們聊完了嗎？」

正當對話告一段落，神子走了過來。特蕾茲立刻就端正了自己的姿勢。

「是！神子大人！在任務中把時間花在私事上面，實在非常抱歉。」

「沒關係的。因為他是艾莉絲大人的丈夫嘛。必須要向他報恩才行。米里斯大人隨時都在關注著我們。」

這樣啊，特蕾茲之所以會幫助我，一部分也得歸功於艾莉絲。

好像還是第一次因為艾莉絲所做的事情而受到別人感謝。

好，等到孩子再大一點，就把艾莉絲也帶來吧。

「神子大人，時間差不多到了。」

「請回房間吧。」

「魯迪烏斯先生，也辛苦您了！」

身邊的那群跟班最近對我的態度也變得比較和善。

起初因為我和教皇派的人有交情，護衛有好幾次都對我放出殺氣，但是最近並不會故意找碴。

雖說依舊會提防著我，但他們似乎認為我立場姑且處於中立，算是安全人物。

不對，是因為我也很努力。
我始終沒有表現出要加害神子的意思，而且也不會因為她是神子而過度拘謹，總是說些有趣好笑的事情來哄神子開心。
只要和我在一起，神子總是喜形於色，回到自己房間之後似乎也衷心地期盼我再次來訪……這是我努力的成果。
除此之外，也有部分得歸功於護衛隊長特蕾茲願意親近我吧。
因為隊長都不怎麼防範，所以才讓他們覺得提防我是件不切實際的舉動。
不過說實話，其實我希望他們能更加提防我。
在這樣的狀態下，感覺能輕易就綁架神子。
雖然我不會這麼做。
……不，可是，萬一特蕾茲的努力徒勞無功，塞妮絲沒有回到我身邊的話。
要是我真的被逼到走投無路，沒有其他手段的話。
我會動手。
不管是綁架神子，甚至是襲擊拉托雷亞家，我都會去做。
到最後我會以塞妮絲為優先。否則我就沒有臉面對死去的保羅，以及在希露菲有孕在身的這個時候幫我照顧她的莉莉雅。
基於這點，我會盡量不與神子對上視線。

我不清楚她那種能讀取記憶的能力能夠讀取對方的思考到什麼程度。

就算被看到了，或許也不會察覺我還有綁架神子這個選項。

但也有可能會被發現。

不管怎麼樣，可以肯定的只要不對上視線就不會發動。

在護衛裡面，應該沒有人察覺到我刻意不和神子四目相接。

說不定其實有，但我聽說教團裡的人也幾乎都會避免與神子對上視線。

畢竟不管是誰，都不喜歡自己的記憶被人看到。

只是沒有跟她四目相接，照理來說應該不會有人覺得可疑。

要綁架她很簡單。

只要在神子平常會坐的椅子底下或是土裡，預先設置好轉移魔法陣的捲軸就行。

決心執行作戰的時候，我會趁護衛不注意將魔力灌進那道魔法陣，藉此轉移神子。

由於神子是在我眼前消失，自然會遭到懷疑。

但是，沒有證據。繪製魔法陣的墨水會消失，只會留下一張紙。

除了少數人之外，肯定沒有人會察覺到我使用了轉移魔法陣。

轉移魔法陣連接到傭兵團的分部。那裡囤積了用來指揮傭兵團而儲備的糧食與衣物。到時會交給愛夏在那監視神子，並與她進行交涉。

不過如果情況允許，我盡可能不想用這個方法。

這樣對保護神子的負責人特蕾茲也過意不去。

她真的是非常替我著想。對克蕾雅強硬的做法也為我感到憤怒。

為了說服母親，還特地聯絡上所住城鎮離米里希昂有段距離的哥哥姊姊。

雖然我還不清楚人在附近的卡萊爾卿是怎麼看待這件事……

但不管怎麼說，特蕾茲是真心在幫我說服克蕾雅。

要是綁架神子，不難想像這樣的她勢必得負起責任。

「特蕾茲阿姨。如果有空，還麻煩妳幫忙介紹卡萊爾卿、舅舅、以及大姨給我認識。畢竟我也必須向他們打聲招呼，而且關於這次的事情，我也想要親自拜託他們。」

「嗯，好啊。」

不過，即使如此。一旦到了緊要關頭，我還是會行動。若是由我背負汙名就能夠守住與保羅和莉莉雅的約定，這樣也好。

但是，可以的話還是想先用正當手段拜託特蕾茲。一旦確定特蕾茲沒辦法說服她，希望至少別用卑鄙的手段，而是堂而皇之地從正面對決打倒護衛綁架神子。

這是與我做好的準備完全相反的感情。

「與其幫兒子已經這麼有出息的塞妮絲找對象，應該要先幫幫我嘛……唉……」

特蕾茲喃喃說了一句後轉身離去，我對著她再次低下了頭。

我並不是那麼有出息。

又再過了幾天的早上。

自從來到這個國家之後，應該過了十四五天了吧。

從基斯以及設置好據點後加入搜索的愛夏那邊傳來了新的情報。

據說，昨天有服飾店的人出入了拉托雷亞家。

愛夏派人嚴加逼問了那傢伙之後，發現他是因為收到婚紗訂單，所以才到家裡替女方丈量尺寸。因為他說是年紀稍長，眼神空虛的女性，毫無疑問是塞妮絲。

再加上，克蕾雅昨天好像吩咐管家暗中與教團的某人取得了聯絡。

從事情的發展來看，想必是在挑選塞妮絲的結婚對象。

既然這樣，說不定時間已經所剩不多。

但是，還不用著急。現在拉托雷亞家的長子與長女已收到特蕾茲的請求，正朝這裡趕來。

根據先送來的信件內容來看，他們似乎認為「再怎麼樣，也不能逼連話都不能好好講的女兒跟別人結婚吧」。幸好舅舅與大姨是正常人。

目前還沒有見到卡萊爾卿。

由於他是大隊長，立場上想必十分繁忙。

不過特蕾茲說：「他是不會允許克蕾雅這次做法的人。」

愛夏回憶往事後也說：「當家大人對我很溫柔。」雖說不清楚他會對這次的事表示什麼樣的意見，但我希望能早點見到他。

一旦包含當家在內的全體家人都反對此事，即使是克蕾雅想來也沒辦法胡作非為。

就算她負責管理整個家務，但畢竟不是當家。哪怕她採取了什麼行動，也只是時間上的問題。可以說已經走到死棋。

對於迅速採取行動的特蕾茲，實在是感激不盡。

即使真的沒辦法，我也已經明白塞妮絲的所在處，並掌握了宅邸的戰力。

只要事前向特蕾茲報備一聲，她應該願意給我宅邸的平面圖，並推敲出監禁的場所吧。

不過，只要當家願意站在我這邊，就不至於主動襲擊。頂多是用稍微強硬的方法找出塞妮絲，譴責克蕾雅這種程度吧。

太好了。

感覺這件事能夠以拉托雷亞家與我之間的問題就做個了結。

既不會給克里夫與教皇添麻煩，也能與克蕾雅以外的拉托雷亞家成員打好關係。

雖說事情一波三折，但似乎能以圓滿的方式落幕。

嗯。當時沒有動手果然是正確決定。只要好好與周圍的人商量，像這樣先跟她身邊的人打好關係就能解決問題。

所以，根本沒必要綁架神子。

那天的我不知道是哪根筋不對。想要一舉找出解決事情的方法，所以才會打算做出那種沒頭沒腦的舉動。

果然，凡事還是得按部就班。

這樣一來，看吧，壞蛋正一步一步地被逼上絕境。

雖然沒辦法報一箭之仇，但也不需要固執。

「……」

像這樣胡思亂想的同時，我一如往常地前往了教團本部的中庭。

教團本部的婀花已在這十四五天的期間內凋謝。

但是，在我的畫裡依舊盛開。今天也飄散著粉紅色的花瓣。

這幅畫也即將要完成了。我自己也認為實在畫得很糟。起初那群跟班也毫不客氣地嘲笑了一番。

可是，當我畫到一半試著追加了穿著白色連身裙的神子，那幫傢伙馬上改變了意見，開始對畫讚不絕口。真是群單純的傢伙。

神子也說一旦完成，她想跟我要這幅畫。

如果不嫌棄我的畫，要幾幅我都能送。

我其實還私底下做了人偶想偷偷獻給她。仔細想想，其實也不需要削弱排斥魔族派系的戰力來增加教皇派的話語權，只要神子排除眾議一聲令下：「允許販賣人偶！」，感覺就能受到採用。

一開始先別販賣魔族的人偶，而是將人偶一個一個地賣出，再將魔族的人偶作為系列商品推出……

不，還是不可能吧。感覺神子沒有那樣的權限。

「……咦？」

突然，庭園的入口有一股異樣的感覺。

有人的氣息。

「……已經來了嗎？」

平常我進入庭園之後，要過一陣子才會有幾名護衛巡視庭園內部，接著神子才會出來。

這個時段應該沒有人才對，難道他們已經開始在巡視了嗎？或者說是其他人呢？

我步入庭園之中。

映入眼簾的是花已經徹底凋謝的姻花樹。擺在樹附近的，是我的畫架與畫布。

沒有人影。

可是我有感覺到氣息，是錯覺嗎？

我沒有深入追究，畢竟我可沒有像瑞傑路德那樣的眼睛。

「嗯？」

只有一個地方放著我不知道的東西。

在畫架上面。畫架上面擺著點著的蠟燭。

只有孤零零的一根。在日光中隨風飄逸。

我靠近一看，發現地面殘留著腳印。

腳印只有一個人。延伸到烟花樹後面。難道有誰躲在樹幹後面嗎？

「……特蕾茲阿姨？」

我一邊呼喚，同時打開了預知眼。

沒有回應。事情不對勁。

我的語氣變得有些強硬，同時也往魔導鎧注入魔力。

「有誰在嗎！」

進入戰鬥態勢。

我一邊注意四面八方，同時也小心不靠近烟花樹。

要是不出來也沒關係。我會保持距離，以魔術朝死角攻擊。

因為神子很中意那棵樹，所以得盡量別去傷到……用風魔術。

先下手為強。

「奇怪？」

灌注在右手的魔力消散了。

狀況不太對勁……當我這麼想時，為時已晚。

我打算往後退一大步，但卻撞上了後面的牆壁。

我轉頭望去，什麼都沒有。不對，有道看不見的牆壁。

「……唔！」

我反射性地望向腳邊。隨即看到一道在太陽底下隱約發出藍白色光芒的魔法陣。

「……是結界魔術嗎？」

我對這個結界魔法陣有印象。

要是想從魔法陣裡出去，就會遭到不可視的牆壁阻擋，要是想在魔法陣裡面使用魔術，魔術會頓時消散。我很熟悉這個結界。

「那是王級的結界。魯迪烏斯。」

聲音從樹後傳來。

緩緩走出來的，是身穿藍色鎧甲的一名女性。

原本與塞妮絲十分神似的臉部，被粗獷的頭盔給遮住。

不只是她。從其他樹陰以及草叢之中，也陸續出現身穿鎧甲的男人。

雖然他們頭上的頭盔各個千奇百怪，不過他們應該是……

圍繞在宅圈公主身邊的那群阿宅。

別名——神殿騎士團。

「抱歉……我收到你意圖綁架神子大人的情報。」

我聽見這句後驚訝得目瞪口呆。騎士們繞在結界的周圍將我團團包圍。唯一暴露自己位置的特蕾茲，則是站在我的正前方如此說道：

「因此，接下來將開始異端審判。」

戴著頭盔的男子們將入鞘的劍敲向地面。

現場迴響著一種像是喇叭與鏘混合在一起的奇妙聲音。

第三話「歪打正著」

各位好。我是魯迪烏斯‧格雷拉特。

現在，一群體格健壯的人正圍著我。八名騎士身穿打磨過的藍色鎧甲，圍起圓陣將我團團包圍。

我今天打算一個一個為各位介紹他們。

首先，位在我正面的人物是特蕾茲。

特蕾茲‧拉托雷亞。

是的，沒錯。她是我的阿姨，拉托雷亞家的人。在倡導排斥魔族教義的神殿騎士團當中，是個稍微有些與眾不同的人。她願意理解與魔族感情要好的我……說得更明白點，感覺不管是魔族還是人族，其實怎麼樣都無所謂。

平常都對我一臉和善的她，如今究竟擺著什麼樣的表情呢？

由於被頭盔遮住，有點難判斷呢。

再來我們從她的右手邊，以順時針方式來看吧。

特蕾茲的旁邊。

那名男子戴著骷髏模樣的頭盔。鎧甲的胸口一帶有傷痕。我對這道傷痕有印象。

雖然我不知道本名，但應該是被稱為「斯卡爾・亞修（頭蓋骨之灰）」的騎士。

畢竟頭盔也是骷髏，所以八成錯不了。

他的旁邊。

這名男子所戴的頭盔，就像是被設置在米里斯神聖國街角的垃圾桶。

在八個人當中，唯獨他身披紅色披風。這件紅色披風非常受到神子喜愛，手髒掉時經常會拿他的披風擦拭。

我記得這個人被稱為「達司特・伯克思（垃圾桶）」。

再往旁邊。

這名男子戴著的單調頭盔密密麻麻地刻著「賜予你安息」這段文字。

是個身高足足超過兩公尺的男人。

神子經常會坐在他的肩上，藉此摘取樹上結的果實。

當時她叫的名字是「格列普‧奇帕（守墓人）」。

第四個人。像是把竹掃把放在頭上的頭盔。

鎧甲沒有特徵。

呃……掃把……打掃……

啊，八成是被稱為「特拉休‧崔帕（清潔工）」的傢伙。

剩下三個人。

老實說我分辨不出外表，也想不起名字。我記得應該是被叫與「死」或是「墳墓」相關的名字。每當神子用名字呼喊，他們總是會驕傲地挺起胸膛……

我記得應該是會讓背脊發癢，有中二病風格的行動代號。

啊啊，想起了。

布拉克‧柯芬（黑色靈柩）。

布里亞爾‧賈門特（送葬裝束）。

寇爾帝吉‧赫德（葬列領航者）。

應該是這種感覺吧。

隊伍名稱……是什麼來著……我想想。

「接下來，將開始異端審判。審查長由『聖墳守護者（Anastasia Keep）』隊的隊長，特蕾茲‧拉托雷亞擔任。」

「是！」

周圍七人再次將劍敲向地面。

沒錯沒錯，是「聖墳守護者」。

之前特蕾茲曾告訴過我。

「那麼，開始向被告提出最初的問題。有無異議？」

「沒有異議！」

「我有異議！應該立即處刑！」

「沒有異議！」

「沒有異議！」

「沒有異議！」

「沒有異議！」

「沒有異議！」

「異議駁回！」

啊，達司特先生受到打擊了。也對啦，在即將展開調查的時候卻說什麼別調查了直接動手，被駁回也是應該的嘛……是說你這傢伙給我記住。

「被告的名字是，魯迪烏斯．格雷拉特！」

那個……麻煩你們先等一下。

我還沒進入狀況。有誰可以幫我說一下前情提要嗎？

交給我吧，事情是這樣的！

前情提要！

為了救出母親塞妮絲，魯迪烏斯與神子還有神子的護衛隊長特蕾茲打好關係，但某天他為了與特蕾茲見面前往教團本部，卻遭王級的結界給困住。

根據狀況來看，他似乎被懷疑是企圖綁架神子的異教徒。

自己做了獨白確認現狀。

ＯＫ。我的確有一陣子曾想過要綁架神子。

不過已經放棄了，現在正與特蕾茲打好關係，為了讓對方把塞妮絲還給我而在交涉當中。

換句話說，這個狀況應該是有什麼誤會。再不然，就是有人在背後造謠。

聽我提過要實行綁架計畫的人物並不多。有愛夏、基斯以及克里夫……教皇也算嗎？

這裡面可能性最高的就是教皇了吧。或者也有可能是基斯已經遭人逮住，在被一番拷問之後吐出了實情。

……愛夏應該沒事吧？

「審判開始！被告人魯迪烏斯，請據實回答問題。」

「……好。」

搞不清楚狀況。

總之像這種時候，最重要的就是冷靜。

要是現在大鬧，很有可能將至今累積起來的成果毀於一旦。

「被告魯迪烏斯・格雷拉特。你是否有發放主旨為『魔族並非邪惡』的圖書，藉此蠱惑信徒之心？」

連那件事也調查過啦？不過畢竟教皇也知道。想必是建在資料庫裡了吧。

「沒有。」

「請老實回答。我們已經調查過了喔？」

「並不是發放，我有確實收錢。」

「可是，便宜到難以想像是書本該有的價錢。」

當然很便宜啦。畢竟我的目的就是盡可能送到多數人手上嘛。

「特蕾茲阿姨也很清楚，我——」

「禁止被告回答問題以外的事情。」

別這麼說，就聽一下嘛。我會做出這種吹捧瑞傑路德的行為是有理由的。

不對，特蕾茲應該知道才對。

我記得以前有跟她說過。

「被告人魯迪烏斯・格雷拉特。你是否崇拜魔族，將其視為神明尊崇？」

「……」

啊，這個可不能給出肯定的回答。

「不，我並不信神。」

「說謊！」

「被告在說謊！」

「說謊！」

「謊言！」

「撒謊！」

「我判斷被告的發言是謊話！」

「騙人的吧！」

「超過半數，斷定被告說謊。」

被斷定了。

居然還採用多數決，感覺相當民主主義嘛。不過仔細想想也對。異端審判就是這麼一回事吧。

「最後的問題。被告魯迪烏斯・格雷拉特。你是否曾計劃綁架我等米里斯教團的象徵——神子？」

「沒有。雖然我有開玩笑地脫口說出類似的話，但是並沒有計劃。」

雖然我記得脫口說出來的時候並不是開玩笑的啦……

不過，實際上我根本就沒有準備。所以有一半……可以當作那是開玩笑的。

「說謊！」

「被告正在說謊！」

「說謊！」

「謊言！」

「撒謊！」

「我判斷是謊話！」

「騙人的吧！」

也是啦。怎麼覺得反而有趣起來了。

感覺就像是在拍絕對不能笑系列的異端審判篇。

對一般的問題說出離譜的謊話，就會有臉盆從笑出來的傢伙頭上砸下來那樣。（註：《絕對不能笑》是日本的年末特別節目，有許多逗趣橋段，笑的人會受到懲罰）

不過，這就是最後一個問題啊……

「超過半數，斷定被告說謊。」

隨著特蕾茲肅穆的一句話，其他七人再次把劍敲向地面。

好驚人的壓迫感。

如果我在這一個月來沒有看透他們的本性，想必會嚇得直打哆嗦吧。

「審判結果，認定被告魯迪烏斯．格雷拉特為異教徒！」

「沒有異議！」

「沒有異議！」

「沒有異議！」

「有異議，這種鬼裁判咱才不管咧！咱還得回田裡割稻子咧！」

「……沒有異議！」

「沒有異議！」

「沒有異議！」

「沒有異議！」

我中間插了句話，結果被瞪了一下。抱歉，原本應該輪到特拉休先生的。

「異端審判到此結束。處以被告『奪術』之刑！」

「請問，那是死刑的一種嗎？」

儘管認為她不會回答，但我還是姑且提問。

「不……不會取你性命。首先會砍斷你的雙手，為了讓你無法再使用魔術，會以編織了結界的布加以封印，接著再以土魔術固定。」

她回答了。

雖然我覺得在彼此都無法出手的這個狀況下，她到底打算怎麼處刑……

不過把我關進來的是他們。

想必好歹也準備了許多接下來的攻擊方法吧。

不過，奪術啊。砍斷雙手，再以結界封印。進一步用水泥固定讓手沒辦法再次使用。

不管是魔術還是劍術都遭到剝奪……所以才被稱為「奪術」吧。

要是被這麼做，就沒辦法揉胸部了呢。

這樣到時又得仰賴義手。雖說札里夫義手的觸感不錯，但被揉的人好像不怎麼舒服。手果然就是要柔軟且有溫度才行。

「特蕾茲阿姨，妳打算奪走別人的興趣嗎？」

「……難道殺人是你的興趣嗎？」

不會吧……她是這麼看我的……？

如果雙手自由就會殺人……明明剛好相反，做人才是我的強項啊。

「不，要是失去雙手，就沒辦法好好擁抱妻子了吧？」

「啊？你說什麼……？」

「咦？那……那個，擁抱妻子……是我的興趣。」

「嘖。」

不僅硬著頭皮把令人難為情的話講了兩次，還被狠狠嘖了一聲。搞什麼啊……

算了。我也不想被抓起來做一些色情同人誌常見的情景。

「總之，你們並沒有打算讓我逃走的意思吧？」

「你說得沒錯。」

「剛才那像鬧劇一樣的審判，不是在玩而是認真的對吧？」

「你說得沒錯。」

「只要把神子大人叫來，應該就能證明我的清白……我記得審問的時候神子大人應該要在場對吧？」

「七名以上的神殿騎士，被賦予了透過簡易審判定罪異教徒的權限。」

「換句話說，你們沒有請神子大人前來的意思？」

「……你說得沒錯。」

雖然因為頭盔沒辦法判斷特蕾茲的臉色，但是聲音有些許顫抖。

表示這麼做並非出於她自己的意願，她也是被逼的……是嗎？

「至今會願意善待我，難道都是為了這個瞬間而演的嗎？」

「不，無論是我們還是神子大人都很認同你。背叛的人是你，魯迪烏斯。」

「我沒有背叛。我是相信特蕾茲阿姨才和妳商量，而且我自認與你們重視的神子大人也處得很好。」

「……」

沒有回答。意思是她不打算聽我解釋嗎？

不過話又說回來……唉……遺憾。真的很遺憾。

這次我跟他們打好關係，是真的沒有任何心機。我努力不讓自己心急、扼殺自我，打算用踏實且可靠的手段取回塞妮絲。

想不到，居然會演變成這樣……

「特蕾茲阿姨，我母親會怎麼樣？」

「……我會負起責任說服母親大人。因為這次的事情與那件事，並沒有關係。」

唔嗯。非但剛才聲音顫抖，再加上這個回答。

代表這件事果然不是特蕾茲獨斷專行吧。

會是教皇，或者是樞機卿的計策嗎？

這是仕官的辛苦之處呢。

「我確實並非米里斯教徒，也與教皇有所聯繫……但這些事你們應該一開始就知道了吧？為什麼事到如今才──」

「沒有其他問題了嗎？」

就像是在表示已經結束了那般冷淡的聲音。

感覺她不願意回答我。想必原本就沒有要與我辯論的意思吧。

「最後，我的情報是根據『夢中出現的神下達的神諭』得來的嗎？」

「不。是根據某個可信管道而來。我等不會採信那種來路不明的存在所說的話。」

「即使那個夢裡的神打著米里斯的名號也是？」

說完這句話的瞬間，周圍開始大聲抗議。

「米里斯大人才不會下達神諭！」

「正因如此才是神。」

「即使下達了神諭，也非我等渺小的存在所能收到！」

「會以神子大人優先！」

「沒錯，如果不向神子大人知會一聲，根本就不可能是米里斯大人！」

「米里斯大人才是神！」

「假冒神之名的人是惡魔！」

聽了周圍的聲音，特蕾茲引以為傲地這樣說道：

「說得沒錯。各位，說得好……魯迪烏斯。我們的信仰是絕對的。」

「……聽到這句話我就安心了。」

總之，這些和善的狂信徒當中，並沒有人神的使徒。

大家都是虔誠的米里斯信徒。只要聽到這點就足夠了。

「……」

我像是要捲起長袍的袖子那般攤開雙手。
啪的一聲，響起了連我自己都覺得帥氣的聲音。在左手前端，穿戴著為了以備這種時候的裝備。
「『臂膀啊，吸收殆盡吧』。」
注入我魔力的吸魔石一發動，在腳邊的結界就一聲不響地消失了。
神殿騎士對眼前的景象瞠目結舌，接著我丟出這句話：
「那麼，來打一場吧。」

「全隊！散開！」
特蕾茲一聲令下，神殿騎士們便往後退了一步。
我對拉開距離的神殿騎士踩著側步，同時用雙手生成岩砲彈。
速度與硬度都差強人意。要是打中要害可能會死的程度。
射出。
首先瞄準的……就是你，達司特·伯克思！
「支援！」

「唔！」

射向達司特的兩發岩砲彈，被從兩側衝進來的其他神殿騎士給彈開。

他手上的盾類似半透明的膜，是初級的結界魔術「魔力障壁(Magic Shield)」。

……那真的是初級嗎？我的攻擊被初級彈開？

「達司特、格列普還有斯卡爾繞到右翼！特拉休、柯芬以及布里亞爾到左翼！寇爾帝吉和我採游擊戰術！」

反方向的三個人同時向我施展魔術。

火、水及土。三屬性同時……但無所謂。

「『臂膀啊，吸收殆盡吧』。」

我以吸魔石分解魔術，同時用岩砲彈反擊。

但是，這次也遭到彈開。是被沒參與攻擊，事先架好魔力障壁的傢伙給彈開。

「——微小的火星將會把巨大的恩惠燃燒殆盡！『火炎放射(Flame Thrower)』！」

「——以英武的冰之劍擊落目標吧！『冰霜擊(Icicle Break)！』」

同時，魔術從反方向飛來。

火與水。不對！有一個人把手放在地上。有三種。是土槍(Earth Lancer)嗎！

「『臂膀啊，吸收殆盡吧』！」

以吸魔石同時分解火與水，同一時間用泥沼覆蓋土槍生成的地點，使其無效化。

不妙，慢了一拍。沒辦法使出反擊。

但是腳能動。我反射性地往後踏出一步，閃避了從反方向飛來的魔術。

魔術是一個。

只有火屬性。以規模來看是「火球(Fire Ball)」嗎？

一個？那個方向有三個敵人。為什麼不是三個？

沒時間思考了。我朝左翼與右翼兩個方向攤開雙手。

「『岩砲彈』！」

或許是因為我以踏步拉開距離，看得很清楚。

在左右拉開陣形的神殿騎士兩邊各有三人。

兩側各有兩人手持半透明的盾，衝進了我岩砲彈的射線上。

彈開了。儘管是速度與質量都比剛才更勝一籌的岩砲彈，卻被輕易彈飛。

我對那招也有印象。是水神流的技巧。難道還能應用在魔術生成的盾上嗎？真了不起。

「大地之精靈啊！請回應我的呼喚，從大地刺向天際！『土槍』！」

「雄偉的水之精靈，登上天空的雷帝之王子啊！以英武的冰之劍擊落目標吧！『冰霜擊』！」

沒有架盾的傢伙以時間差發出魔術。當然，我是可以抵銷掉……好啦，該怎麼做呢？

敵人在左翼、右翼各分出三人。

三人之中，有兩個人會分別使用結界魔術偏移我的魔術。

因為我只能同時擊發兩個魔術，所以兩面盾牌就足夠應付。第三個人則是在自己那側受到魔術攻擊時發出魔術反擊。

沒有遭到魔術攻擊的那一隊，會在理解自己沒被攻擊的瞬間解開盾牌。

然後，三個人再一起對露出側腹毫無防備的我擊發魔術。

之所以會使用三種屬性，是因為他們知道我只會使用兩個魔術吧。

而不知道我能用吸魔石將攻擊同時無效化，得怪對方自己情報不足。

一開始只從其中一邊發射魔術，恐怕是距離上的問題。

從那個位置，我只要往前踏出一步就能帶入接近戰。應該也有辦法趁他們詠唱魔術的時候痛揍一頓。

所以沒有拿盾的最後一人，想必也負責對應接近戰吧。

不過，只要我待在安全範圍就不會行動。

……想得真周到啊。那麼，這招如何？

「『火球』。」

我刻意大聲喊出名稱，同時灌注魔力。生成了兩顆直徑約為兩公尺大小的火球。

大小與熱度都相當於上級。但是，速度比岩砲彈相較之下慢上許多。

輕飄飄的，以會讓人覺得是慢速球的速度。

朝兩翼發出。

「支援！」

拿盾的兩名騎士走到前面。但是，魔力障壁是有弱點的。

「『亂魔』！」

「！」

我用亂魔，將左翼那側的兩名騎士手上的盾同時抵銷。

結界魔術大多數都是在發動中會持續消耗魔力的類型。這一點就算是初級的魔力障壁也沒兩樣。

換句話說，即使不是在詠唱當中，亂魔依舊有效。

雖說右翼應該擋得下來，但不成問題，先各個擊破。

「……唔！」

當我如此心想的瞬間，從正後方飛來了某個東西。

我情急之下回頭望去，舉起右手防禦。隨後發出了鏘一聲巨響，某個物體在我眼前裂成碎片。

褐色的岩石撒到了我的臉上，化為碎片往後方飛去。

手肘一帶還殘留著衝擊。

這是岩砲彈。被對手用這招攻擊或許還是第一次。

「魯迪烏斯可以用雙手分別使用不同魔術！由兩個人負責應對，只要一個人能使出攻擊就划得來。一個人都不許脫隊！」

特蕾茲還有另外一人，不知不覺間已經移動到我的正後方。

剛才的是另外一個人擊發的魔術嗎？

「……」

回過神來，對方已完成包圍網。

一開始退到後方是下策嗎？

不對，就算採取接近戰，對方理應也已經準備了某些對策。

剛才被火球直擊的騎士們，雖然鎧甲冒煙但依舊還能戰鬥。

「魯迪烏斯，我等在神殿騎士團當中也是最強的。你毫無勝算。」

「是這樣嗎？」

「沒錯，這十幾天來，我們已經調查過你的戰鬥方式。多虧你響亮的名氣，讓我們立刻就擬好了對策。」

唔嗯。那麼為什麼不拔劍呢？真要說的話，我的弱點可是接近戰啊。

不對，目前他們確實成功地迴避了我的魔術。

當然，我還藏了幾張底牌。他們有可能是警戒這點才選擇不以接近戰交手。

以目前我遭到完封的狀況來看，效果可說十分顯著。

如果是打算就這樣打消耗戰倒可說是調查不足，但背後也被他們拿下了。

想必是有什麼策略吧。

那麼，我也必須要採取下一個對策才行。

「魯迪烏斯，投降吧！我事先聲明，我們有對抗你拿手魔術的策略！儘管左手的魔道具出乎預料，但是也已經被我們識破了！」

「哦？」

「庭園的入口已用結界魔術封鎖了！暫時也沒有人會來幫你！」

這樣啊。既然都講得這麼有自信，應該很完美吧。

他們為了捉住我，肯定訂立了一套嚴謹的作戰計畫。

為了不讓我以半吊子的戰法突圍，非常縝密地訂立。

雖然我也可以嘗試各種手段來粉碎他們的作戰計畫。不過，要是到頭來因此輸掉可就得不償失了。

我也沒有強到能夠手下留情。

「……『泥沼』。」

所以，我也拿出真本事吧。

★特蕾茲觀點★

隨著魯迪烏斯一聲低語，腳邊頓時陷入了泥濘當中。

情報上也有提到這個魔術。是堪稱魯迪烏斯・格雷拉特代名詞的魔術「泥沼」。

原本，這種魔術頂多只會在對手腳邊製造出約莫盤子大小的泥沼。

然而，不愧是被稱為代名詞的招式，範圍實在很廣。在這寬廣庭園內，肉眼所及範圍的整個地面都化為了泥沼。神子最喜歡的姻花樹、巴爾塔樹以及匹立思樹都發出聲音開始傾倒。

但是，憑這種東西無法絆住我等的腳步。

特拉休已經為了抵銷魔術而開始詠唱。

「……『濃霧(Deep Mist)』。」

聽到魯迪烏斯低語的瞬間，周圍霎時被白霧吞噬。

不妙！

「所有人提高警覺！他打算用泥沼牽制，再趁這陣濃霧將我們各個擊破！」

下一瞬間，地面閃過一道紫電。

慢了一拍後，啪的一聲響起了物體破裂的聲音，引來一陣耳鳴。

「別慌張！施加在鎧甲上的賦予可以讓『電擊』無效！注意別讓他逃亡！他會一口氣衝出

來！」

從濃霧裡傳來了「了解！」的聲音。

沒問題的。根據情報，魯迪烏斯的近距離戰鬥能力絕對不高。

但是，魯迪烏斯會使用電擊以及岩砲彈之類幾個需要注意的魔術。

無論哪個魔術都是一流水準。是必須避免直接命中，絕對不能輕忽的存在。

但是，「聖墳守護者」全員都是上級以上的劍士，更是能使用上級結界魔術及四種上級魔術的一流神官戰士。

雖說個人的實力也很突出，但是一直以來，多對一壓制對手的訓練可是令我們練到生厭的地步。

儘管我頂多是水神流中級，但是在我身旁待命的寇爾帝吉·赫德可是水聖。即使魯迪烏斯是擁有帝級實力的魔術師，要突破我們的包圍也絕非易事。

我的戰術不會有錯。

「——準備抵銷『泥沼』！」

「『流沙（Sand Wave）』！」

像是與寇爾帝吉的聲音錯開那般，聽見了特拉休的聲音。

腳邊的泥濘慢慢化為沙子，我們為了不被埋起來而將腳抽出。

抱歉，魯迪烏斯。「泥沼」會遭到「流沙」覆蓋。

就算是在魔法大學應該也沒教過這個。因為有關混合魔術的抵銷方法，目前還處於研究階段當中……想必你是第一次體會到「泥沼」被直接抵銷吧？

雖然我不知道你有什麼企圖，但這麼一來就將軍了。

當然，我們其實也並不認為你是真心打算綁架神子。

你是真的讓神子大人打從心底開心。是真心擔憂塞妮絲，所以才來找我商量。

我明白其實只是這樣而已。

可是，我也沒有辦法。因為這是樞機卿下的命令。

姑且不論情報是真是假，我們都只能遵從命令。

唯獨達司特，卻是怒氣沖沖地說：「那傢伙果然喜歡神子大人！」……

我向上進言，希望至少別奪走你的性命。

而樞機卿也採納了這個進言。他表示對付神敵，只須奪去雙手，下達了如此寬大的處置。因此，我們才沒有用劍或是下毒。

不要緊的，魯迪烏斯。

你雖然還很年輕，但已經有一個好老婆了吧？

那麼，只要有艾莉絲大人常相左右，就算沒有手也能活下去的。

況且，聽說你還是龍神的屬下吧。我小時候曾聽說，龍族會使用不可思議的法術。說不定他會解開我們的封印，治好你的雙手。

不論你在我們看不見的地方做了什麼，我們都不會在意。

還有，塞妮絲的事情，我也會設法處理。

因為剛才也說過了，那件事與這件事是兩回事。

「──準備抵銷『濃霧』！」

聽到寇爾帝吉的聲音，讓我從思緒中回到現實。

與此同時，突然有股不協調感襲來。

感覺很奇怪。

是哪裡不對勁？

……他什麼都沒做。

沒錯。魯迪烏斯自從使用濃霧之後，就再也沒動過一步。要是他跑動或是使用魔術，至少也會發出聲音才對。可是，在這道連一公尺前方也看不見的濃霧當中，卻沒有任何聲音。

自從一開始的「電擊」之後，什麼都沒發生。

難道已經被他逃掉了？

剛才的泥沼、濃霧以及電擊，是為了絆住我們而做的布局。

其實他用了其他魔術，已經從這裡──

「──『強風（Wind Blast）』！」

風魔術發動，霧轉眼間散去。

「……」

「……」

「…………咦？」

我們所有人都懷疑自己的眼睛。

濃霧被吹散之後，我們所包圍的正中央，並不是魯迪烏斯。

有某個東西，站在破裂的捲軸上方。

巨大的……岩石……

人偶？

鎧甲？

「……召喚魔術？」

我把不經意想到的詞喃喃說出，就在下一瞬間。

巨大鎧甲開始動了。

以那副巨軀所無法想像的驚人速度行動。

★魯迪烏斯觀點★

首先痛宰一頓的，是達司特那一組。

我瞄準濃霧散去的瞬間快速逼近。他們驚訝得目瞪口呆，根本來不及應對。

而且我還以預知眼確認他們的盾牌位置以及跑位，同時擊出一發、兩發、三發。

雖然他們有防禦，但卻被我輕易打穿。

鎧甲凹了一個大洞，同時往後方飛了出去。

當然，我有手下留情。只是剝奪意識。應該不足致死。

我在擊敗三人的同時啟動了加特林機槍。

一邊往右後方轉身一邊揮動手臂。現場響起有如蜜蜂振翅般的嗡嗡聲，以岩砲彈掃出了一條線。

三個人的腳連同鎧甲護腿一塊像樹枝那般斷掉。但沒有整個扯斷。

況且我也沒打中要害，應該是死不了。

但要是再動起來會很麻煩，所以我朝頭部射了岩砲彈讓他們暈過去。

還有兩個。

我一邊踏著奧爾斯帝德教我的步伐一邊轉身。這是為了逼近從背後攻擊過來的敵人，穿插著迴避的步法。儘管感覺並沒有遭到攻擊，但還是得以防萬一。

停下來時，特蕾茲就站在眼前。

她目瞪口呆地看著我。

另一個人為了保護她而拔劍。

但是為時已晚。

太慢了。如果是艾莉絲，在這傢伙拔刀之前就已經砍了十下吧。

搭乘這台「一式」的時候，我也有辦法對應。一直以來我都做著這種訓練。

在劍拔出來之前，我的拳頭已經揮了出去。

最後一人連聲音也沒發出就被揍飛，直接撞上教團本部的牆壁暈了過去。

即使目睹這幕，特蕾茲依舊呆若木雞地站在原地。

儘管因為戴著頭盔無法判斷表情，但我對她的站姿有印象。

人在不清楚發生什麼事時，總是會像那樣愣在原地。

「什……什麼……」

我想說起碼要為了她至今為我奔波表達敬意，所以不是用拳頭，而是以岩砲彈將她擊暈。

結束了。

魔導鎧「一式」果然是壓倒性的存在。

對手的攻擊幾乎不起作用，而我這邊的攻擊卻能輕鬆貫穿對手的防禦。

甚至讓我覺得像是在欺負小孩。

除了特蕾茲以外，周圍還倒著其他神殿騎士。沒有一個人死去。

並非人神使徒的人類，我希望盡可能不下殺手。

這是我的原則。況且這次也綽有餘裕。

「呼～……舒坦多了。」

或許是因為最近累積了不少挫敗感，感覺莫名爽快。

不定期發洩一下果然不行。得參考艾莉絲……不對，像她那樣就太誇張了。

不過，接下來該怎麼辦？

既然事情演變成這樣，我已經完全與神殿騎士團為敵了。

可是話說起來，是誰背叛了我？

知道綁架這件事的，有我、基斯與愛夏……還有克里夫與教皇吧？

在克里夫家的那名少女也要算在內嗎？

首先，愛夏是絕對不可能。如果她想出賣我，根本不需要這麼做。

哥哥～揹我～只要像這樣撒嬌，趁我享受背後的胸部觸感時割開我的喉嚨就行了。再不然，只要事先在飲料裡面下毒就可一了百了。那個，我為了哥哥做了特製飲料……只要這樣說就可輕鬆攻陷我。

克里夫與基斯應該也不會吧。他們也是一樣。不需要用這麼拐彎抹角的方法，也能輕鬆趁我不備下手才對。

那麼，是教皇嗎？教皇要在這個時間點讓我消失？

有什麼好處？

不，正好相反吧。說不定他只是單純想利用我這顆棋子擊潰神殿騎士團。

以教皇的角度來看，或許是因為我原本說好要加入他那邊，到頭來卻沒這麼做。讓他覺得反反覆覆的實在煩人，所以才策劃了這種事。

因此教皇用這種手段支開護衛，再派底下的人偷偷綁架神子。

先等等。特蕾茲說過這個情報是來自可信管道。

對她而言，教皇算可以信任的管道嗎？Ｎｏ。教皇是敵人。應該是無法信任的來源。

基本上，綁架這件事也有可能只是偶然發生的巧合。

我要綁架神子，其實是某人憑空捏造的謊言。

等等。與其認為是偶然，應該認為這是人神幹的好事比較合理。

這次人神的使徒也有可能潛伏在我看不見的地方。

嗯，與其思考是誰背叛，不如這樣想更容易理解，機率也比較高。

人神的意圖？他肯定又是看過未來後才決定的，我哪會知道。

反正壞事基本上都要歸咎在那傢伙身上。

「……」

照現狀來看，沒辦法鎖定犯人。就算想破頭也沒用。

問題不在那裡。

問題是再這樣下去會樹立敵人。

現在我不清楚神子的狀況如何，但她的護衛神殿騎士團變成了這副德性。

可以藉此推測出樞機卿派接下來的動向。首先，以「綁架神子未遂」的名義將我逮捕。接著再以連坐法攻擊帶我來的克里夫，以及身為克里夫祖父的教皇。

奇怪？

這樣一想，應該就不是教皇所策劃的吧？是樞機卿嗎？

不是，就說不用再找犯人了。重點是接下來該怎麼做。

不過，到底該怎麼辦才好……

乾脆就帶著大家，一起逃離這個首都算了？

不，那塞妮絲該怎麼辦？我不可能丟下塞妮絲不管。現在就去拉托雷亞宅邸，救出塞妮絲……但要是人不在呢？要是在執行這個作戰的期間，塞妮絲已經被帶到其他地方了呢？

就這樣與騎士團開戰，直到毀滅米里斯神聖國？

這麼做才正是中了人神的下懷。

算了，沒關係。不管怎麼樣，就放手一搏吧。

總之，現在先讓愛夏、基斯以及克里夫避難。

然後前往拉托雷亞家，要回塞妮絲。若她不在那裡，就隨便繞去城堡那邊，抓個王族之類的要求對方交換人質吧。

算了，就這樣吧。我已經懶得思考了。

「……啊。」

我突然聽到了聲音。

定睛一看，在因為泥沼而歪七扭八的庭園角落。

連接著中樞，沒有特殊鑰匙就無法打開的那道門前面，站著一名少女。

她握著鑰匙站在那裡。一個人孤零零地站著。

「……」

她望向了我的眼睛。

儘管我反射性地想移開視線，但為時已晚。

她用似乎看穿了一切的表情莞爾一笑，然後像是在要求什麼似的，朝著我敞開雙手。

我看到這幕，便領悟了。

或許這只是我的直覺。

但是，我當機立斷，行動也很迅速。

我綁架了神子。

第四話「強硬交涉」

有一句俗話說：吃毒要連盤子一起。

意思是既然吃了毒藥，就要連盤子一起吃掉。

這句格言誕生的當下，經常會看到有人以烤硬的麵包來代替盤子。會把肉之類的主菜放在烤得硬梆梆的麵包上面來調味，接著撕一小塊沾湯，等變軟之後再吃。

連盤子一起，換句話說就是全部吃完。

即使端出來的東西是毒也要全部吃光。這就是珍惜食物的精神。

我亂說的。

事實上，指的是反正橫豎都是一死，乾脆吃下平常吃不習慣的食物後再死，這種積極正面的精神。畢竟平常根本不會吃盤子。所以意思是不管是吃下瓷器害胃破裂而死還是因為毒發身亡，其實都沒什麼分別。

以上說的，當然也是騙人的。

好啦，現在我待在愛夏為了作為傭兵團事務所而準備的其中一間設施。

這裡位於商業區，在歐業酒館的地下。

周圍整齊地擺放著裝有乾糧的木桶，以及加工前的黑色大衣。

我是用轉移魔法陣的捲軸移動到這裡的。

是雙向性通訊的轉移魔法陣。是之前我為了以防萬一而預先設置好的。

然後，眼前有一位女性。平時會刻意讓自己看起來像個言行舉止幼稚的乖乖女。

實際上卻是年齡超過二十歲的女人。

「是個很風趣的地方呢。」

神子以女性的坐姿席地而坐。

儘管我沒有特別將手腳捆綁，她卻滿不在乎地坐在滿是塵埃的地上。

結果，我就這樣將神子帶來了這裡。

「妳到底在想什麼？」

「什麼意思？」

「在那種時間點出來，而且還不打算逃走……」

仔細想想，神子出現的時間點恰到好處。簡直就像是在等待自己上場的時機。

而且，她還老實被我捉住。絲毫沒有任何抵抗。

「……我會出來純粹是巧合。因為我根本不曉得發生了那樣的爭鬥……一走出外面，看到庭園被濃霧覆蓋還嚇了一跳。」

說是這樣說，但是她的判斷很迅速。

「是騙人的吧？」

「沒錯，是騙你的。其實我讀取了負責照顧我的人的記憶，知道特蕾茲他們想對你意圖不軌，所以才出來的。」

「哦……這表示妳是來幫我的？」

「是的。後來我出來外面，看到了你的眼睛，立刻就了解發生了什麼事。」

眼神相對的那一瞬間，就能讀取記憶。

雖然我想說隔著魔導鎧真虧她還看得見，不過既然是神子的不可思議能力，想來也沒什麼好奇怪。

畢竟像札諾巴的怪力，我也不知道原理是什麼。

「我站在你這邊。我想成為你的力量。」

「……」

我一語不發地以指尖朝著神子。

吃毒要連盤子一起。既然已經擄來了也沒辦法。事到如今根本也沒計畫。只能行動了。

我方的卡片只有兩張。就是我，還有這傢伙。

基於這樣的認知上，來預想最壞的狀況吧。

教皇是敵人、樞機卿也是敵人、特蕾茲也是敵人、克蕾雅也是敵人。所有人都是人神的爪牙，克里夫、愛夏以及基斯都已經被抓。雖說自從我綁架神子後頂多只經過一個小時，但神殿騎士也開始行動了。我雖然認為轉移的瞬間沒有被任何人看見，但實際上已經被看到了，神殿騎士團目前正朝著這邊過來。

由於沒有多餘時間準備送還用的魔法陣，就先用泥沼將魔導鎧「一式」沉到了地下，但已經被挖出來直接沒收。

最壞的狀況大概就是這樣吧。

不過若真是演變成這種狀況就太糟了，感覺幾乎是束手無策……

我必須以自身的戰鬥力以及神子這兩張卡片，設法突破這個最壞的狀況才行。

「神子，在相信妳說的話之前，先回答我的問題。」

「當然。」

為此我該做的，就是質詢神子。

說想成為我力量的這個女人。不管要不要相信她，獲得情報才是當務之急。

「把妳身為神子的能力告訴我。」

「你不是已經曉得了嗎？」

「我想聽本人親口證實這件事。」

說不定會與奧爾斯帝德的情報有出入。所以我重新確認。

「我可以看到人們記憶的表層。」

「表層？」

「是的。可以看到那個人腦海中浮現的畫面，以及些許相關的記憶。」

「那跟讀心不是一樣嗎？」

「不，我能看見的，只有過去。不過要是持續盯著眼睛看，便能不斷地、不斷地往前回溯……」

與其說看得見記憶……感覺比較像是能看見現在所想的事情以及與其相關的過去。

「只能看而已嗎？」

「是的，只能看而已。」

「有辦法將心神喪失的人恢復到原本的狀態嗎？」

「沒辦法。不過若是與治癒魔術併用，或許有可能想出什麼方法。」

看來沒辦法取回塞妮絲的記憶啊。

「……所以並不是能讀取對方內心的想法吧。」

「不過，有辦法藉此推敲。」

儘管看不見現在所想的事情，但能一邊對話一邊想著完全不相干的事情的人並不多。舉例來說，要是被問到「早餐吃了什麼」，應該沒幾個人會在意識表層跑出與天空為什麼是藍色的相關科普考察吧。

「難怪有做虧心事的傢伙不想和妳對上視線啊。」

簡直就是測謊器。她可以將自己不中意的對象定罪。可以光憑「眼神對上了」這個理由而定罪。

雖說就算她本身在說謊也不會有人知道，但那種事無關緊要。所謂的神子，就是這樣的存在。只要看過札諾巴就自然能理解。只要有掌控權力的某人，擔保其效能就行。

「魯迪烏斯大人，你不會避開視線呢。」

「畢竟我沒做什麼虧心事。」

我從剛才開始，就沒有將視線從神子身上移開。雖然也有一部分是因為有些自暴自棄，但既然她能看見過去，只要像這樣四目相接，就能省去說明的功夫。

「這樣好嗎？就算不是虧心事，也會全都被我知道喔……」

「……」

「哦，奧爾斯帝德大人身上有那樣的詛咒……原來如此，人神……第一句話是這樣……哎呀？」

突然，神子的臉頰泛紅。

怎麼了？難道是看到色色的東西嗎？不過，這種類型的在審問時馬上就會看到了吧？像是在米里斯的神父偷腥的時候，應該就會看到了吧。

「怎麼會，居然兩個人同時……明明有兩個人，愛卻……啊啊……啊，這是祭壇……咦？……咦？」

此時，神子總算是移開了目光。

她流著冷汗。呼吸也很急促。彷彿看到了不該看的東西。

「妳看到了什麼嗎？」

「邪教……呃，嗯咳，你會舉行一種不屬於米里斯教的……那個，偏激，不，是不可思議的儀式呢……」

「那是我的靈魂（Soul）。」

「嗯……嗯嗯。」

神子壓住裙襬，同時往後稍微拉開距離。

放心吧。洛琪希教雖然不像米里斯教那樣清廉潔白，但好歹是美麗的藍色。不會對妳做出像色情同人誌裡面的事。

「嗯咳，回到話題吧。」

「嗯咳，說得也是。」

彼此清了清嗓子。

雖說也不是被人看到會覺得困擾的東西，但被人看得一清二楚確實很難為情。

跟兩個人同時做的那件事被看到，表示她或許也聽到了我說過的那句話。

不是的。那只是一時興起才說溜嘴。平常不會說的……

總之，繼續談下去吧。

「首先，到底為什麼會發生這次的事件？神子大人，關於這次的事件，妳認為誰才是主謀？」

「是教皇猊下，或是想要陷害猊下的樞機卿所為吧。我認為人神並沒有涉入。」

換句話說，是米里斯排斥魔族派系的領袖嗎？拉托雷亞家的人與這件事無關嗎……？

「妳的意思是與拉托雷亞家無關嗎？」

「或許有遭到利用，但我認為並不是主謀。」

所以綁架塞妮絲和剛才那件事沒有關係嗎？

不管怎麼樣，教皇派與樞機卿派。雙方的領袖都顯得很可疑。

「為什麼妳會認為人神沒有涉入？」

「如果真的是猊下聽從人神的吩咐，這個行為對米里斯教徒來說會是非常嚴重的醜聞。雖然猊下其實是個壞人，但同時也是個虔誠的米里斯信徒。」

「不過，這種事妳打算怎麼判斷？」

「只要看到眼睛，自然就會水落石出。」

問了個蠢問題啊。不過，能相信她嗎？

「要是你無法信任我，就把我當成人質進行交涉，交換你想要的東西就好。」

「我手上的牌還不足以這麼做。神殿騎士團應該已經做出對策。就算我把妳當作籌碼要求什麼，到頭來——」

「我是神殿騎士團的一切。」

神子打斷我的話如此說道。她臉上掛著輕飄飄的笑容，同時繼續說下去：

「神殿騎士團……應該說排斥魔族的派系，非常明白要是我一死就會失去勝算。」

「也就是說，不管對方說什麼，只要我以妳的人身安全為籌碼堅決交涉，就會完全接受我這邊的要求嗎？」

「我很肯定自己擁有那種程度的價值。」

是真的嗎……我可不想因為相信她，而看到愛夏在我眼前被一刀兩斷之類的。

「神殿騎士團雖然是笨蛋，但也不至於無能。他們現在搞不好已經捉住愛夏並且問出了這個地方。不對，不用特地捉住也沒關係。既然有在觀察我的動向，應該馬上就會注意到這裡很可疑。當我為了提出要求而前往教團本部時，妳也有可能被神殿騎士團救走。」

「那麼，提出要求的時候我也一起去就行了吧？」

「雖然是很大膽的想法，但是也很有可能在路上被包圍，直接展開總體戰。」

「以魯迪烏斯大人的實力，應該有辦法將眼前的對手全部收拾吧？畢竟你在面對那位奧爾斯帝德大人及奧貝爾時，都能戰得勢均力敵。」

還看到了那裡啊？

嗯，是有可能沒錯。雖然很像老王賣瓜，但收拾三流貨色可是我的拿手好戲，甚至可以稱我為「雜兵獵人魯迪烏斯」。要是不須考慮手下留情，純粹抱著殺意行動，與剛才打倒的那群傢伙相同水準的傢伙我都能應付。

「而且，假使有人來襲，我想不會是神殿騎士團，而是教皇底下的人馬。」

「這又是為什麼？」

「哪怕有個萬一，神殿騎士團也不希望我死去。但就算是因為偶然，教皇派也希望我可以去死。」

教皇派表面上雖然會為了保護神子而行動，但就算在混戰中殺了她，也是有利無害。

「搞不好神殿騎士團會用結界魔術還是什麼的，設法把妳安全奪回。」

「神殿騎士團當中，對付人類的能力最為出色的集團已經敗在你的手上。以神殿騎士團的個性來看，照理來說應該不會再投入新的戰力。因為實在太過危險。」

……最為出色的集團，是指剛才那群人嗎？

話說起來，特蕾茲確實有說過最強什麼的來著。

雖然團隊合作也十分出眾，想不到那群傢伙……

不對，不能貶低他們。那些人的技術可是能彈開我的岩砲彈，同時還連發魔術。即使面對魔導鎧，他們也毫不畏懼地試圖拔劍。

假設每個人的平均值是「劍神流上級、水神流上級、攻擊魔術中級、結界魔術中級以及治癒魔術中級」，可說是相當高水準，而且戰鬥技巧十分全面。

雖說應該有個別上的強度落差，但再怎麼說都聚集了七個如此厲害的角色，而且還鍛鍊出

如此精彩的團隊合作，確實可以視為精銳部隊。雖然唯獨特蕾茲的實力遜色少許，但她的指揮也是堪稱一絕。

雖然我不認為沒派出「一式」的話會輸，但其實也很有可能吃下敗仗。

不管怎麼樣，既然都打倒了最強的一夥，確實是……

不，等等，這終究只是侷限在神殿騎士團裡面吧。

「可是我聽說還有教導騎士團及聖堂騎士團啊？」

「那些人頂多只算是米里斯神聖國的騎士團。無法干預教團內部的事情。況且，教導騎士團現在並不在這個國家。」

是嗎，不在啊。

不過聽到這些，感覺好像有辦法應付了。

帶著人質，光明正大地從正面交涉。身為奧爾斯帝德部下的本大爺，因為突然遭到襲擊而十分不悅。原本應該要把神子大卸八塊，讓米里斯教團的威信掃地，所幸我等寬宏大量。只要好好賠罪並接受我方的要求，就可以饒神子一命並原諒你們，大概像這種感覺。

在這個過程當中，一邊接受神子的協助，同時揪出人神的使徒以及犯人。

當然，多少還是會留下一些禍根……

就算是那樣，根據交涉的結果，應該還是有辦法安然離開這個國家。

但是，傭兵團那邊還是放棄比較好吧。

等克里夫過幾年後真的出人頭地，到時再來拜託他。不過按照事情的發展，比方說教皇若是人神的使徒，也是有必要讓克里夫放棄在這個國家往上爬……既然事情變成這樣，雖然對克里夫過意不去，但也沒辦法。

「如果擔心其他騎士團，我認為早點行動比較妥當。要是魯迪烏斯大人的親人真的被捉，時間一久不知道會遭受什麼樣的對待。」

「也對。」

我綁架神子後大約只經過了一個小時。

雖說最壞的狀況是已經被捉住了，但是他們要找到愛夏與基斯，捉起來後進行拷問……怎麼想都沒這麼快。

但是，要是我躲起來的時間拖得愈久，對方肯定也會愈著急。

一急起來就不知道會做出什麼事，這點每個人都一樣。

好。接下來得賭一把了。如果失敗，至少會以神子的性命作為代價犧牲某人。

起碼要做好這樣的覺悟。

我是想這麼做。但沒辦法下定決心……希望能再有一個決定性的手段。

「……那個，神子大人。」

「怎麼了嗎？」

「妳為什麼想站在我這邊？為什麼那麼乾脆地讓我捉走？」

神子愣了一下，然後對我莞爾一笑。

這是與米里斯教團的象徵相稱的笑容。

「我現在之所以能這樣活著，是因為你和斯佩路德族的戰士種下的因果。」

那是從我的記憶中看到的嗎？或者說，是以前從艾莉絲的記憶中看到的？

雖然不知道，但以前把艾莉絲帶來米里斯的，確實是我和瑞傑路德。

可是，這個回答實在與我的期望過於相符，反而有點教人懷疑。

「要是這樣說沒辦法接受，請你認為我是對好不容易熟識的朋友，與感情已經十分融洽的部下互相殘殺這點感到憤怒吧。」

「……」

「也可以說是你好幾天都講有趣的事情給我聽，還幫我畫了畫的謝禮。米里斯大人也說過：『汝，不可徒失禮儀，不可忘恩負義』。」

「…………」

「原本要是你因為令堂的事情而向我求助，我就打算偷偷地助你一臂之力……只是到最後，你都沒有來拜託我。」

我默默聽著，神子像是在鬧彆扭般噘起嘴來。

「況且魯迪烏斯大人也是一眼就確信我不是敵人，所以才把我擄走的吧？」

「算是吧。」

第一眼看到的時候，我就認為她不是敵人。

正因為如此，才會迅速地綁架她，像這樣與她對話。

好。總之都事到如今了。我錯失先機，陷入了這種狀況。就算再繼續東想西想，事態也不會有任何好轉。

在下次對決時，必須以占有優勢的立場出現，來完成自己的目的。

目的是以下幾點。

第一目的，奪回塞妮絲。

第二目的，確保愛夏、基斯以及克里夫的安全。

第三目的，不要給克里夫的將來添麻煩。

第四目的，設置傭兵團。

第五目的，獲得販賣瑞傑路德人偶的許可。

第六目的，將米里斯拉攏為我方。

總之，先以達成前面兩項為目標吧。

接下來要先發制人。我現在手上有牌。名為神子的超強力卡片。

當然，我自身這張牌也是相當強力。

那麼，在某個人……完全不理解狀況的某個人做好準備之前。

快速地開始我的回合，來個先發制人吧。

「如果這次的事情能完美劃下句點，沒有留下任何遺憾……我會把艾莉絲帶來的。」

「好的，麻煩你了。」

好，走吧。

★ ★ ★

於是，我們回到了教團本部。

與特蕾茲等人的戰鬥開始之後，約莫過了兩三個小時吧。令人匪夷所思的是，城鎮裡面並沒有神殿騎士的身影。

這樣一來，基斯與克里夫告密的這條線就可以消去了。

我們是用轉移魔法陣的捲軸脫逃。

一般大眾並不曉得轉移魔法陣的存在。

再加上神殿騎士團封鎖了入口，會認為我「應該還在裡面」也是正常的。

現場的指揮官要判斷我們已經逃到外面要花一個小時。

為了搜尋外面，向神殿騎士團的本隊申請支援，編制好搜索部隊要花一個小時。

再考慮到某人扯了某人後腿使得進度延宕，又多花了一個小時的話……城鎮的入口或許已經遭到封鎖，但是應該還得過一陣子才會正式開始行動。

這種過於龐大的組織實在麻煩。

克里夫與基斯他們兩個知道轉移魔法陣。

我設置緊急逃脫用的魔法陣時，基斯也在場。

至於克里夫，我在夏利亞事務所地下繪製轉移魔法陣時，他也有來幫忙。

不過基本上，如果是他們背叛了我，剛才一開始轉移回來的地點有神殿騎士團嚴陣以待也沒什麼好奇怪。

這條線打從一開始就不可能。

不過，教皇或是樞機卿他們得到了那麼多的情報，就算已經察覺到我是用轉移魔法陣移動也很正常。

如果是人神在暗中行動也是一樣道理。

……這樣一想，就覺得實在很不對勁。雖然只過了幾個小時，但對方始終處於被動的這種感覺……難道說，特蕾茲他們是獨斷採取行動的嗎？

當我正在思考著這些事時，已來到教團本部附近。

然後，從裡面接二連三出現了一群身穿藍色鎧甲的人。

「是神子大人……」

「魯迪烏斯帶著神子大人出現了！」

「快呼叫支援！」

如字面所述，真的是接二連三地從裡面出來。

而且周圍也是。轉眼間我們就被團團包圍。真的不要緊嗎？

「魯迪烏斯大人，請絕對不要把手從我身上放開。」

「……」

我緊緊揪住神子這個救命繩索的上臂。

儘管沒有特地拿刀架著，但神殿騎士們卻顯得很緊張，並沒有真的襲擊過來。和神子說的一樣。

「竟然對神子大人那麼粗魯……！」

「可惡的魯迪烏斯……就連我都還沒碰過神子大人……」

「居然把神子大人當作人質，根本是米里斯教徒的敗類！不可饒恕！」

感覺他們生氣的點有點奇怪……

可是我明明什麼都還沒說，他們卻認定我抓了神子當人質。

不過想來也是理所當然。因為我把護衛騎士全滅，然後帶走了神子，會被這麼看待也是無可厚非。

就連這次事件的主謀也是這麼看的吧。

「隊長，我們上吧……！與『聖墳守護者』戰鬥之後，不管是什麼人，肯定不會剩下多少魔力。」

「慢著，他應該還有能對神子大人出手的力氣。」

「不要緊的。只要數一二三一起攻擊，這傢伙與其對神子大人出手，肯定會選擇優先保護自己……！」

有一個傢伙正在煽動。那就是這次事件的主謀底下的棋子吧……

「神子大人，那是誰的手下？是人神的爪牙嗎？」

「不，那是教皇猊下身邊的人。與人神沒有關係。他對這次事件似乎也不太清楚詳情。」

我輕聲地詢問後，神子小聲回答。

算了，要是連那種貨色也一個一個懷疑可是會沒完沒了。

好啦，總之先開始吧。

「關於這次的事情，我想和教皇猊下談談！把路讓開！」

我盡可能地提高音量說話。看到我的態度有些盛氣凌人，神殿騎士們也激動了起來。

「你說什麼！」

「怎麼可能讓你這種人去見猊下！」

「現在立刻放開神子大人，接受制裁吧！」

有幾個人甚至已經拔劍。

但是，看到神子在我的懷裡渾身顫抖後，那些騎士雖然有些猶豫，但還是把劍收回劍鞘。

喔喔，好厲害。這就是神子的力量嗎？雖說看到「聖墳守護者」那群人我大概就猜得到

了……不過這個人，比想像中更像個公主(偶像)啊。

好啦……嗯咳。

「吾名為魯迪烏斯．格雷拉特！是『龍神』奧爾斯帝德的代理人！我以偉大主君之名起誓，並沒有傷害米里斯教團的象徵──神子的打算。」

我高舉左手。從奧爾斯帝德那收下的手環發出燦爛的光芒。

以身分證來說或許稍嫌薄弱，但應該能虛張聲勢一下。

「但是，如果連要求對話也不允許，我恐怕無法保證！你們要知道，若是與我為敵，就等於讓米里斯教團與『龍神』及其所有部下為敵！」

我原本就決定好要以強硬態度交涉。

台詞也事先好好思考過了。雖然擅自動用了奧爾斯帝德的名字，但應該不成問題。

其實部下也沒有那麼多，但應該不成問題。

「……唔！」

神殿騎士們被我的氣勢震懾，往後退了一步。

剛才那番話，似乎讓他們理解到我並不是單獨行動、隨處可見的賊人，而是組織裡的重要人物。

總之，算是成功吸引了他們的注意力。

「我想直接詢問猊下，聽聽米里斯教團對方才的事有何辯解！我乃『龍神』的代理人，為何要覬覦我的性命！為何要囚禁我母親的自由！我事先聲明，根據到時的回答，神子很有可能人頭落地！」

我再怎麼說都只是客人。

對於自己突然被強加綁匪的汙名，甚至被盯上性命而憤怒。我現在氣噗噗。所以要求賠罪與賠償，順便將塞妮絲那件事也當成米里斯教團全體的問題吧。

「……」

「怎麼辦……？」

「什麼怎麼辦，神子大人都被當成人質了……」

然而，神殿騎士團卻沒有把路讓開。

看起來正在猶豫不決。或許是因為在這裡的只是基層，不知道該如何判斷。

再稍微等一下，應該就會有指揮官出來了吧。

「把路讓開！」

「讓開！」

「你們打算對神子大人見死不救嗎！」

當我正在分析狀況，後面那邊莫名地吵了起來，然後出現了四名男女。

我對其中三個人有印象。

是「聖墳守護者」的成員。

凹陷的鎧甲令人不忍直視。

特蕾茲也在裡面。她一看到我，就一臉歉疚地低下頭。

另外一個人留著白鬍子，大約五十歲後半的男人。儘管臉上刻著歲月的痕跡，但是眼神銳利，感覺不到一絲衰老。

我對他沒印象，會是誰啊？

由於他也身穿同樣的藍色鎧甲，可以知道是神殿騎士，但鎧甲的設計更講究了一些，感覺就像是把特蕾茲的鎧甲再提昇了一個層次。

把目前包圍著我比喻為一般神殿騎士，「聖墳守護者」那群人就是稀有神殿騎士；如果把特蕾茲視為菁英神殿騎士，那麼這個男人應該算是頂尖神殿騎士吧。

「我是神殿騎士團，劍組『大隊長』卡萊爾．拉托雷亞。」

啊，這個人就是卡萊爾。我的外公啊……

「在這樣的狀況下見面，不好意思。初次見面，我是塞妮絲．格雷拉特的兒子，魯迪烏斯．格雷拉特。」

我反射性地這樣回應，卡萊爾便以有如老鷹的眼神投向我。

比克蕾雅的視線更加銳利。這就是所謂的夫妻臉嗎？不過要是在這裡爭論會很麻煩。

「這樣好嗎？」

「……不。」

雖然一瞬間想說這話是什麼意思，但想起與克蕾雅的交談後，我搖了搖頭。

現在的我是奧爾斯帝德的屬下。儘管我無疑是塞妮絲的兒子，但並不是以那個立場前來。

若是不主張對等的立場，就無法以對等的立場進行交涉。

「我是『龍神』奧爾斯帝德的代理人，魯迪烏斯．格雷拉特。還請讓我與猊下見面。」

我挺起胸膛，收起下巴，想像著艾莉絲的姿勢並如此回答。

於是，卡萊爾的臉上有一瞬間浮現了柔和的表情。

「嗯。」

但是，馬上又板起臉孔。

「我來帶路，跟我來吧。」

卡萊爾維持嚴肅的表情並轉過身子。特蕾茲等人也依舊掛著複雜的表情，跟在卡萊爾的後面。

「如何，神子大人？」

「……特蕾茲似乎只是聽從樞機卿的命令。卡萊爾大人沒有跟我對上眼，所以不曉得。」

我姑且輕聲問了一下。真是方便。

卡萊爾處於灰色地帶。雖然感覺不是敵人，但有些可疑，先保持警戒吧。

我側眼看了一下在遠處觀望的那群神殿騎士，然後跟上他們。

我被直接帶到了中樞。

從途中開始，前後左右就站著「聖墳守護者」的其他成員圍著我。

他們已經沒有戴著頭盔。

從所有人都能用雙腳好好走路這點來看，是用治癒魔術治好的嗎？

雖然我保持警戒，但是也很清楚他們沒有襲擊的打算。

我破解了他們自豪的王級結界，之後更是以正面對決擊潰了他們。雖然我認為對方也沒有要下殺手，但應該也明白我有手下留情。

敵我的實力差距可說是昭然若揭。更何況神子還在我手上。

他們並沒有愚蠢到會不惜讓神子暴露在危險之中，去挑戰幾個小時前才慘敗的對手。

不如說，他們的臉色看起來莫名歉疚。

尤其是達司特氏，從剛才開始就不敢直視我的眼睛。

不過，既沒有惡意，也沒有敵意。也沒有太警戒我。感覺起來更像是在保護我。

「……」

我們在中樞裡面走著走著，過了短短幾分鐘。

雖然我覺得只彎過幾個稍稍彎曲的道路，還有七十度左右的轉角……但回過神，我已經迷失了方向。

之前來的時候也這麼想過，通道莫名曲折，簡直就像迷宮一樣。

「真像是迷宮呢。」

「是的。為了在發生萬一時，能讓我和教皇大人安全逃脫，所以才蓋成這樣的。」

神子為我說明。意思是這裡並不是特地用結界之類設下的嗎？

總之，應該不會突然感到一陣睡意襲來。

「沒錯！」

「神子大人對這條通道可是瞭若指掌！」

「我們一開始在玩鬼抓人的時候，也經常被她逃走呢！」

跟班反射性地誇獎神子。用來讓重要人士逃走是嗎？確實很常見呢。

不過，我開始有點搞不清楚路了。要是被帶到深處，可就逃不掉了……

不對，也可以破壞天花板之後再逃走。

牆壁……想必設有了結界，但只要用吸魔石應該有辦法。

嗯。雖然滿不在乎地就跟了過來，真的不要緊嗎？

「還沒到嗎？走得太裡面會令我很困擾的。」

「再一下就到了。」

卡萊爾頭也不回直接回應。真的嗎？該不會其實是打算設陷阱害我吧？

我一邊保持警戒，同時把視線移到後面那群人身上。

於是，他們便擺出恍然大悟的表情開始大喊：

「卡萊爾大人！您太失禮了！說話時至少該回頭吧！」

「魯迪烏斯可是抓著神子大人的手啊！」

「要是惹他不悅，萬一神子大人出了什麼事怎麼辦！」

「請看這個，這套鎧甲上的凹痕！他可是擁有能將我等神殿騎士團的蒼鎧凹成這樣的怪力啊！」

「有可能只是因為稍微不開心，就讓神子大人的玉手留下醜陋的疤痕……」

「全都給我安靜！」

特蕾茲大聲一喝，那群跟班便停止繼續嚷嚷。

同時，卡萊爾停下腳步，緩緩地轉向後方。

「再一下就到了。」

「……好。」

我也再次點頭回應，繼續跟在他後面。

然後，大概走了僅僅十步的距離吧，卡萊爾便停在一扇門的前面，敲了門。

「我將魯迪烏斯・格雷拉特帶來了。」

真的是再一下就到了。

感覺好像在催他似的實在過意不去。仔細想想，就算失去了方向感，也不過就是繞了兩個彎而已。

只要有心還是回得去。

「請進吧。」

從裡面傳來了教皇的聲音。卡萊爾面向房門獻上簡單的祈禱，然後將門打開。

他以側身將門打開，同時邀請我進入裡面。

「請進。」

「失禮了。」

我抓著神子的手走進了房裡。

感覺差不多可以放手了……不不不，可不能大意。

「……」

裡面就宛如會議室。

在長桌旁邊，有十幾個人正面對面坐著。

其中有教皇。也有克里夫。還有一名老人身穿與教皇類似的高級法衣。想必那就是樞機卿吧。還有身上所穿的藍色鎧甲看起來比卡萊爾的更加高貴的男人，也有穿著白色鎧甲的人物。

在更裡面，有七名騎士正把手環在背後站著。

我對其中兩個人的樣貌有印象。是教皇的護衛。

所有人都面向我這邊。

彷彿剛才為止還在如火如荼地展開議論，卻因為我的出現而中斷。

倒抽一口氣，一語不發地望向我這邊。

然後，在長桌有些後面的位置，坐著兩名人物。

其中一人，是嘴巴抿成一條直線的老婦。她看起來像是在瞪著我。

是克蕾雅．拉托雷亞。

然後，在她旁邊。

是她。總算找到了。

以空洞表情，抬頭仰望天花板的女人。

明明差不多年近四十歲，看起來卻依然年輕的女性。我的父親最深愛的女性。

我的母親。塞妮絲就坐在那裡。

奇怪？等等……她們倆為什麼在這？

這是怎麼一回事？我應該還沒有提出任何要求才對。我還沒有要他們把塞妮絲帶過來。

磅噹。

打破寂靜的聲音響起。背後的門被關上了。

神殿騎士們猶如要守住門口似的站好崗位。彷彿要與房間深處的騎士們對抗那般排成一列。

只有特蕾茲在位子上就座。

「那麼，既然相關人士都到齊了，就讓我們開始談判吧。」

坐在最裡面的教皇這樣說道。

看來在這幾個小時裡似乎有了什麼動作。本來以為是自己先發制人，結果又被取得先機了嗎？咕唔唔。

「魯迪烏斯大人、神子大人，可以麻煩兩位入座嗎？」

我該不會有處於被動的才能吧？

但是，目前的狀況並不算壞。

就這樣上吧。

第五話「有什麼好猶豫嗎」

即使看見了塞妮絲與克蕾雅的身影，我應該也沒有表現出動搖的樣子。

不是因為覺得自己肯定能贏，也不是因為確信一切都會圓滿順利。

而是在這個瞬間，我很確定能完成最根本的目的。

我一瞬間就在腦內模擬好該如何帶著塞妮絲離開這個地方。

人這麼多的狀況下無法使用轉移魔法陣，但是在場神殿騎士的實力已經有所掌握。

雖然不清楚在教皇背後的神殿騎士水準到什麼程度，但如果要相信神子所說，肯定劣於

「聖墳守護者」。

我能確實救走塞妮絲。

既然狀況演變至此，等同於已經達成了我的目的之一。

救出塞妮絲，也確保克里夫的安危。再保護好愛夏與基斯，就這樣直接逃走。

目前唯一在意的就是愛夏與基斯的安危，但那也能從接下來要進行的對話中問個清楚。

總而言之，由於我現在是這樣的想法，所以理直氣壯地坐下。我引導神子到旁邊的位子，就這樣抓著她的上臂讓她就座。

在坐下之前，我以十分沉著冷靜的聲音說道：

「各位都齊聚一堂，省下了不少麻煩呢。」

話很自然地脫口而出。好久沒有這種感覺。

「由於許多人今天都是初次見面，請先容我自我介紹。我的名字是魯迪烏斯·格雷拉特。作為『龍神』奧爾斯帝德大人的代理人，為了與米里斯教團的各位建立友好關係而來。」

聽到龍神這個名稱，周遭的氛圍有瞬間夾帶著疑惑。

在這裡面，並沒有人直接與龍神見過面。當然，也沒有人知道奧爾斯帝德的目的是什麼，在與什麼戰鬥。或許甚至有人連七大列強這個詞都不曉得。

但是，沒有人不知道「龍神」這個名詞。

因為那是與「魔神」同樣有名的名詞。

「目前，我基於某些原因，手握神子大人的性命。」

我以右手的食指指著神子。灌注魔力，製作出像打火機一樣的小小火苗。

現場瀰漫著一股緊張感。

「這次發生這樣的事實在是非常遺憾。我萬萬沒想到居然得挾持人質，做出讓壓倒性的超存在奧爾斯帝德大人顏面掃地的舉動。可是，這也是為了替我自己保身、確保部下的安全，再加上今後的交涉所做的手段，望請各位理解。」

「壓倒性的超……？」

「嗯咳。」

說得太順了。我沒有打算要開玩笑。

「那麼，為何我的性命會被盯上，為何我不得不做出會讓主君顏面無光的舉動呢——」

我環視周圍……

突然，在克蕾雅身上停下了視線。因為她正皺著眉頭。

「假如有哪位願意幫我說明自然是再好不過。否則，『龍神』奧爾斯帝德及包含我在內的部下，將不得不與米里斯教團正式敵對。」

這並非威脅。

如果米里斯教團的領袖集團已經遭到人神操控，就必須要考慮到事情有可能演變到這一步。

「……」

聽到我這番話，會議場頓時鴉雀無聲。

不論是誰都沒有打算接下我的挑釁。沒有人嚷嚷著「那就打吧，放馬過來」。

是因為剛才的戰鬥奏效了嗎？還是我說了什麼奇怪的話嗎？

我只希望自己正在生氣的態度有傳達出去。

「我們非常能理解魯迪烏斯先生的憤怒。」

回答我的，是在我的正前方，坐在最裡面的男人。讓克里夫隨侍在旁，在場地位最崇高的男人。

教皇哈利·格利摩爾。

「不過，誠如方才魯迪烏斯先生所說，在場的人多半都不認識魯迪烏斯先生。因此我希望讓他們逐一自我介紹，可以嗎？」

「……」

「不會花太多時間的。」

思考他的意圖。介紹的意圖……是為了爭取時間？該不會現在正為了抓住愛夏而四處奔走？

不，其實以人數來看也沒有那麼多。

先了解在場眾人的來歷，對我來說應該也不是壞事。

就算要提出要求，也必須有先後順序。要讓人願意聽話，就必須做好準備。就算一味地大聲主張自己想說的，如果對方沒有做好聽的準備也沒有意義。

「不要緊。是我太操之過急了。」

「感謝……克里夫，麻煩你。」

「是。各位，我是教皇哈利．格利摩爾的孫子，神父克里夫．格利摩爾。」

克里夫起身這樣說道，主動朝後方退了一步。

看樣子，他似乎要擔任主持會議的司儀。

「那麼，首先麻煩從盧布朗樞機卿開始吧。」

其中一人聽到克里夫的聲音後站了起來。是那名身上穿的法衣看起來與教皇一樣高價的男性。

用一句話來形容長相，就是胖子。圓滾滾的臉，就好像是紅豆麵包臉的正義伙伴。

不過，這個人就是排斥魔族派系的領袖啊……

「我是盧布朗．麥法蘭樞機卿。負責統籌神殿騎士團，以及輔佐教皇猊下。」

所以這個人就是米里斯教團實質上的Ｎｏ.２嘍。

樞機卿的工作，我記得是輔佐教皇……就像是國王與宰相那樣的關係吧。

不過基本上，不管是米里斯教團的教皇還是樞機卿，似乎都與我所知道的宗教有些不同，所以這種關係或許也有哪裡不太相同，可是，教皇與樞機卿正在互鬥應該是不爭的事實。

因為他覬覦著下任教皇的位子。但選舉幾年才舉辦一次我就不清楚了……

當我正在胡思亂想，樞機卿已經就座。

真的只是介紹自己的名字及職務而已嗎？

「——貝爾蒙多卿。」

聽到克里夫的呼喊，坐在盧布朗身旁，身穿白色鎧甲的男子挺起身子。

是個臉上有傷的獨眼男子。年齡大約四十左右。既然身穿白色鎧甲，是聖堂騎士團嗎？

不過，他的表情看起來十分嚴肅。聖堂騎士團……我記得立場上應該是類似米里斯的正規騎士才對。

想必是因為我在鎮上引發騷動而在生氣吧。

「我是聖堂騎士團『弓組』副團長，貝爾蒙多・納修・威尼克。」

男子只說了一句話便坐下了。總覺得好像在哪聽過這個名字。

對方看起來像是在筆直地瞪視著我這邊，但除此之外也沒多說什麼。

想必他天生就是這種眼神吧。就像奧爾斯帝德及瑞傑路德那樣……

啊，我想起來了。

我記得瑞傑路德認識的騎士，應該就是這種感覺的名字。

沒錯，是賈爾加德。賈爾加德・納修・威尼克。

簡稱賈修。

「難道，你是賈爾加德先生的……」

「兒子。」

「當時承蒙令尊關照了。」

原來如此啊。雖說父親是教導騎士團，也不代表兒子會加入同一個騎士團。

話雖如此，也並不是沒出息的兒子，副團長這個地位證明了這點。

「——雷爾巴德卿。」

之後，是兩名身穿白色鎧甲的騎士。雖然兩個人的名字都沒聽過，但都報上了「弓組」大隊長的名號。那個什麼什麼組的，就是像軍隊裡的聯隊那種架構。

所謂的大隊長，也就是僅次於團長、副團長以及連隊長(Group Leader)之下的高層。

「——卡萊爾卿。」

「我剛才已經自我介紹過了，跳過我也無妨。」

卡萊爾．拉托雷亞辭退了自我介紹。這樣也行啊？雖然這樣認為，但仔細想想教皇也沒有自我介紹。這樣看來，克蕾雅應該也不會自我介紹吧。

我一邊這樣想著，自我介紹也持續進行。從大司鐸，到神殿騎士團「盾組」的連隊長。

總之先記住名字吧。

雖然不清楚有沒有記住的必要，但知道名字也沒有損失。

可以的話是希望能交換個名片啦……

「——克蕾雅夫人。」

叫到了克蕾雅的名字。在這群有頭有臉的人物當中，為什麼會有她？

是為了作為某個事件的證人而被找來的嗎？或者說，散播綁架神子謠言的人就是她？又為什麼會帶著塞妮絲過來？

雖然現在就想馬上問個清楚，但感覺待會兒就會說明。

先暫時忍耐吧。

「我是拉托雷亞伯爵夫人，克蕾雅·拉托雷亞。這位是我的女兒塞妮絲。由於病情的一些影響，所以目前處於這種狀況，還請各位見諒。」

克蕾雅以裝模作樣的表情這樣說道，回到座位。

總之，這樣就全部介紹了嗎？護衛的騎士們都沒有自我介紹，這表示他們沒有參加會談的資格吧。

「好的，那麼我們就開始吧。說明為何將魯迪烏斯先生也牽扯進來，到底在哪裡發生了什麼事。」

教皇的這句話，讓談判開始了。

「那麼，魯迪烏斯先生，首先，我認為應該要釐清事情的前後關係，你意下如何呢？」

「沒關係。我也想知道究竟發生了什麼事。」

教皇會用這種語氣說話，表示他們也才剛掌握狀況嗎？

引起騷動後過了幾個小時。樞機卿與各大騎士團的領袖級人物都齊聚一堂，感覺事情實在太過順利，不過雖說是領袖級人物，但騎士團團長等級的卻沒現身。表示收到神子被綁架的消息後，只有即時做出應對的人才會出現在這吧。

不過話又說回來，身為當事者的那群神殿騎士團就站在旁邊，感覺也很怪。

「那麼，首先該從何說起呢……畢竟我也是不久前才聽說這件事。目前還沒有整理好狀況。」

教皇邊搔著眉毛一帶邊這樣說道，此時一名男子舉手。

是貝爾蒙多卿，貝修先生。

「我們這邊的情報量恐怕是最少的吧。我們是收到了樞機卿的請求而來。他吩咐我們去取回試圖殺害神子，對國家造成損害之人的屍首。」

對國家造成損害這點，只要看過札諾巴的存在就能明白，因為「神子」對國家來說是重要的財產。雖說是由米里斯教團管理並視為私人物品，但是以國家的立場來說，若是失去這個存在也很傷腦筋。至少他們不能無視這個請求。

「然而到了現場一看，卻只看到昏迷的護衛，神子也遭到擄走。而且，綁架的犯人還像這

樣怒氣沖沖地回到現場，主張著自己的正當性。」

貝修這樣說完，惡狠狠地瞪視樞機卿。

「收到的請求與現場狀況互相矛盾。因此，現在請讓我保持中立的立場。」

貝修這樣說完，便回到了座位。

教皇面露和藹的笑容，將視線移到樞機卿身上。

「樞機卿閣下，請您務必說明提出這種請求的理由。不用看著我，還請您務必看著魯迪烏斯先生說明。」

樞機卿掛著柔和的笑容挺起身子。

從剛才那番話聽來，表示是樞機卿在搞鬼嗎？

「其實，我這邊收到了拉托雷亞家的人傳來通報。據說有人在路上談論著要綁架神子大人這種危險的話題……」

拉托雷亞家的人說有人在路上……

啊，該不會是第二次去克蕾雅家回程的路上被誰跟蹤了吧。

雖然我完全沒注意到，但畢竟是引起了那麼大的騷動後不歡而散。就算對方擔心我會不會惹事而派一個人來觀察狀況也很正常。

即使不是這樣，對話當時是站在路上。確實有可能會被某人聽到。而那件事偶然傳進了拉托雷亞家耳裡的可能性也相當高。

這就是所謂的隔牆有耳。告密者無所不在。（註：原文為「壁に耳あり正直メアリー」，是「壁に耳あり障子に目あり（隔牆有耳）的諧音哏）

「調查那個人是誰之後，才知道是魯迪烏斯・格雷拉特先生。根據部下調查的結果，魯迪烏斯先生利用了與特蕾茲之間的關係，巧妙地接近了神子大人。」

樞機卿如是說。那種通報本來其實可以無視。

畢竟這類惡作劇早已司空見慣，而且只是在路上講了一句壞話，神殿騎士團也沒有閒到為此行動。

但是，我與魔族交情匪淺，和主張迎合魔族的教皇猊下愛孫是摯友關係。

再加上我與拉托雷亞家也斷絕了關係，似乎苦惱著某個問題。

更何況，實際上魯迪烏斯在與拉托雷亞家發生爭執之後，便突然接近了神子。

決定性的一點，就是魯迪烏斯確實擁有支開神子護衛的注意力，趁機綁架神子將其殺害的能力。

動機與能力都相當充分。

「因此，我才會先下手為強。」

「原來如此……可是，與聖堂騎士團的證詞有所出入呢。綁架與殺害，兩者的含意有著很大的不同。」

「我想，恐怕是負責聯絡的人表達得稍稍誇大了一些。」

樞機卿一臉事不關己地如此說道，但是從狀況來看，他的想法顯而易見。

他想將我塑造成殺害神子未遂的犯人，並且讓眾人以為是教皇在背後操控一切。

但很可惜，身為他心腹的神殿騎士敗在我的手上。

這樣就很清楚不僅是神子，我甚至連神殿騎士也不打算殺害。

「那麼，拉托雷亞家……在聽卡萊爾卿發言之前……先聽聽魯迪烏斯先生怎麼說吧，你意下如何？」

「……」

突然把話題拋來害我瞬間猶豫了一下，但仔細想想，我根本沒必要說謊。

畢竟我沒有做任何虧心事。

「沒錯，我確實曾脫口說出要綁架神子，但那終究只是一時氣急攻心，加上身邊的人也有制止，所以並沒有付諸行動。」

「那麼，你為什麼要接近神子大人呢？」

「是為了解決與拉托雷亞家之間的問題，而找我的大姨特蕾茲商量。應該是這樣才讓我看起來像是要接近神子吧。」

「哦？可是，既然這樣，那又為何真的綁架了神子大人呢？」

儘管內容像是在逼問，但教皇的聲音一直很溫柔。

就像是在表示「直接老實回答也不要緊的」。

「我剛才也說過了，是為了保護自己的人身安全，才會做出以重要人士當擋箭牌的舉動。當然，我也得到了神子大人的許可。」

「是真的嗎？」

「是的。魯迪烏斯大人沒有做任何虧心事，這點只要看眼睛就能明白。」

神子如此說完並環視四周，只見教皇與樞機卿不動聲色地避開視線。

做了不少虧心事的人真是辛苦啊。

「可是既然這樣，又是為何將他們全滅呢？照理來說，也能以溝通方式說服他們才是？」

「冷不防就被關進結界，進行了不容分說，莫名其妙的審判，還說要砍斷我的雙手。我沒有不反抗的理由。」

不過仔細想想，確實沒有全滅的必要。

可能留下特蕾茲一個人，好好說服她才是明智之舉。

等神子也走到外面，只要看到即使神子在眼前也沒有出手的我，特蕾茲也……

不，想得太美了。畢竟當時沒想到神子會走出來，而且回想一下當時的氛圍，感覺也不像能用口頭說服。

那是早就定案的審判。我在前世也曾經遭到這樣的霸凌。

「原來如此……那麼……」

此時，教皇像是要切入核心一般，緩緩地開口：

「歸根究柢，你與拉托雷亞家的問題，又是怎麼一回事呢？」

克蕾雅的身子猛然一顫。

看到這幕，一股陰暗情感在我體內上湧。克蕾雅當時那番姿意妄為的言行舉止在腦裡重新浮現。

如果是針對我，再怎麼樣我都能忍受。但是，對愛夏說的那番話、對塞妮絲說的那番話，對基斯也是很無情。

「那位伯爵夫人，把我的母……就是在那邊的那位女性，綁架了她，監禁在我看不見的地方。」

說著說著，越來越感到煩躁。

「母親明明連話都不能好好表達，然而，她卻無視母親的意願，要逼她與其他男人結婚，甚至是生下小孩。」

我的聲音開始變得激動。

「我反對這麼做後，她就用卑鄙的方法綁架母親，前往家中逼問的時候，她甚至還裝作一無所知來打發我！」

周圍的人露出了戰慄的表情。

特蕾茲與神殿騎士團以凶狠的表情把手放在腰間的劍上，神子也稍稍皺起眉頭。

似乎是我的手有點用力過度。

「……總之，大概就是這樣。」

想說的話煙消雲散，有頭無尾地做了總結。

但是，我的怒氣似乎已傳達給周圍。視線都集中在拉托雷亞家的成員身上。

他們視線望向卡萊爾與克蕾雅。也有人對在他們旁邊楞楞地看著天花板的塞妮絲投以憐憫視線。

「那麼，卡萊爾卿、克蕾雅夫人。從剛才那段話聽來，我認為這次的事情是你們那邊的疏忽。請讓我們聽聽兩位的意見。」

卡萊爾與克蕾雅在一瞬間使了個眼色。

難道在策劃什麼嗎？至少，樞機卿並沒有要救那兩個人的意思。

「這件事是妻子自作主張，我並不知情。」

卡萊爾若無其事地這樣說道。

切割了。

這個男人居然切割了自己的妻子。

不對，要是克蕾雅平常就是那種態度，讓卡萊爾的不滿逐日攀升，那麼他會選擇在這個場合與克蕾雅劃清關係也很正常嗎？

如果是我，就算艾莉絲多麼粗魯引發了各種問題，我也絕對不會切割她甚至是拋棄她。雖然在長年的夫妻生活當中，要不對另一半的缺點挑三揀四，我是沒辦法保證，但我不會拋棄她

甚至是劃清界線。

否則，打從一開始就不會結婚。

果然有哪裡不太對勁。

以前，克里夫曾這麼說過。米里斯在締結婚姻時，女方家庭會準備聘禮，相對的，女方家出了什麼事時，男方一定要出手相助。雖然也得看所謂的家涵蓋的意思是什麼，但是卡萊爾居然要捨棄自己的妻子克蕾雅嗎……

「當然，我打算負起身為當家的責任，但是這次的事並非拉托雷亞家全體的意思，還請各位理解。」

像是要補充似的這樣說，算是他表達責任感的方式吧。

「嗯，那麼克蕾雅夫人，妳有什麼意見嗎？」

「……」

克蕾雅沒有回答，只是將嘴巴抿成一條直線沉默不語，就像是個鬧彆扭的小孩那樣。

「沉默就當作妳承認這件事。」

教皇這樣說完，環視周圍。

然後，在其他人要發言前大聲說道：

「那麼，這次事件的原因在於克蕾雅夫人。卡萊爾卿要負連帶責任。我認為該給克蕾雅夫人處罰，並追究卡萊爾卿的責任，就此結束此事，各位意下如何？」

似乎有什麼遭到扭曲的感覺。一種論點被偷偷替換的感覺。平淡地執行了打從一開始就定案的事情那種感覺。

「沒有異議！」

比所有人都率先反應的是樞機卿。

「……沒有異議！」

「沒有異議！」

眾人就像是被樞機卿帶動般接連點頭，此時克蕾雅雖然臉色鐵青，但裝模作樣的表情依舊沒有垮掉。難道她不說點藉口之類的嗎？

算了，要是她講一些低劣藉口反而會讓我不爽，這樣也好。

反正我只要塞妮絲能回來就行了。今後不會再靠近拉托雷亞家。不論是塞妮絲、諾倫還是愛夏，都不會讓她們靠近。

這樣就結束了。

「魯迪烏斯先生，這樣沒問題吧？這次的事情對於我們來說也是出於無奈。我們並沒有要加害魯迪烏斯先生的意思，更不會試圖與奧爾斯帝德大人為敵，希望今後彼此依舊能維持友好的立場……」

我望向教皇。教皇依舊掛著和藹的表情。

接著望向樞機卿。他也還掛著柔和的微笑，只是與我四目相接的瞬間，喉嚨不禁抽動一下，

流下冷汗。

「當……當然，我等並不希望與奧爾斯帝德大人發生糾紛，雖然不清楚奧爾斯帝德大人是如何預知拉普拉斯復活一事，但既然是為了打倒拉普拉斯而行動，自然是該鼎力相助。至於販賣魔族人偶一事，希望能在今後進一步協議後再另行討論……」

根據這番說詞，我大概了解脈絡了。

綁架神子事件的幕後黑手是教皇。

恐怕洩漏綁架等情報的，也是教皇的手下吧。假冒拉托雷亞家的名義，誘使樞機卿為了殺害我而行動。或者說，拉托雷亞家裡面有教皇的臥底，利用拉托雷亞家的人實際聽到的內容搞出這件事，但不管哪邊都無所謂。

不知道樞機卿會不會行動。

不過，看在樞機卿的眼裡，我應該是個麻煩的存在。

以教皇孫子克里夫的朋友身分，出現在米里斯的龍神屬下。與身為樞機卿派的拉托雷亞家發生糾紛，更以此為由接近神子，看起來確實很像教皇派出的刺客。

就算他認為自己必須採取對策也沒什麼好不可思議。

之所以沒有調動所有神殿騎士團，只派出一隊埋伏，要不是因為小看我，就是他早就料到狀況會變成這樣吧。

至於教皇方面，他很清楚我不會殺死神子，再不然就是殺了也不會有任何問題。

當然，即使我贏不了神殿騎士團當場戰死，對教皇也沒有壞處。

雖然我是克里夫的朋友，但並不是教皇派。教皇並沒有直接弄髒自己的手，也沒叫我去擄人。就算被神子審問也有自信矇混過去，最壞也能讓克里夫當代罪羔羊。

更何況就算奧爾斯帝德之後趕來，也可以大聲主張是遭到排斥魔族派系的陷阱所害。

大不了到時再重新與奧爾斯帝德建立良好關係，或許他是打著這種如意算盤吧。

於是，來到這個狀況。

拉托雷亞家遭到懲罰的結局。

對教皇與樞機卿來說，不管由誰當犧牲品肯定都無所謂。會將克蕾雅這個存在拱出來當箭靶，無非是因為我對克蕾雅氣到不行。

我因為成功報復克蕾雅而心滿意足。

教皇打擊了樞機卿派（拉托雷亞家），可喜可賀。

唯獨樞機卿派氣得咬牙切齒。

雖然感覺像是被人玩弄在股掌之間……但也沒差。

塞妮絲回來了。也對克蕾雅報了一箭之仇。而且照這個發展，應該也能按照預定設置傭兵團。

沒有反對的理由。

「沒問題。」

「那麼就依照慣例，將克蕾雅．拉托雷亞以煽動叛亂罪定罪，處以十年刑期。」

「呼耶？」

發出了奇怪的聲音。

「請問有什麼異議嗎，魯迪烏斯先生？」

「……十年嗎？」

「是的。她擄走龍神大人的側近魯迪烏斯先生的家人，設計你襲擊神子大人。」

「可是，那個……」

「擁有力量的人沒做出合理的應對，才會招致這樣的騷動。若非魯迪烏斯大人生性良善，恐怕神子大人早已沒命。這樣一想，十年還算短了。」

是……這樣嗎？不過，也對。畢竟演變成這麼勞師動眾的大事件。

雖然還會有其他人受罰，但克蕾雅要入獄十年。

十年……並不短。從現在往回推十年，還是我剛和艾莉絲分開的時候。

所以，並不短。

話雖這麼說，這也是沒辦法的事。要追究原因，本來就是因為克蕾雅的做法太骯髒。要是不用那種方法綁架塞妮絲，事情就不會變成這樣。

「……」

「看起來沒有異議呢，那麼，三名以上的司鐸，以及三名以上的大隊長進行的簡易審判在此通過，以煽動叛亂罪的罪名，判處克蕾雅．拉托雷亞伯爵夫人十年刑期，另外，日後將對卡萊爾卿執行正式審判。」

「沒有異議。」

「沒有異議。」

樞機卿、大司鐸以及騎士們凝重表態。

「那麼，貝爾蒙多先生，請由中立的聖堂騎士團之手，拘捕拉托雷亞夫妻。至於其他人，等日後正式評定之後，再下達處分吧。」

教皇對聖堂騎士團使了個眼色，然後舉起手。

貝修與其他兩人立刻站起身子，以俐落動作繞過長桌，走向坐在一起的卡萊爾與克蕾雅。

從特蕾茲前面通過時，特蕾茲有一瞬間皺起眉頭。

聖堂騎士團的其中一人，從懷裡取出類似手銬的東西，首先將卡萊爾的雙手銬上。

卡萊爾默默地接受了這個舉動，並自行隨著聖堂騎士的其中一人走向出口。

而克蕾雅……沒有動。儘管她試圖站起身子，身體卻在發抖。

明明表情一如往常，但是她的身體、腳，都在顫抖。

「走吧，克蕾雅夫人。」

「我……我……」

聖堂騎士團緩緩地靠近克蕾雅。克蕾雅會就這樣遭到逮捕，關進大牢。雖說結果令人不太

舒服，但事情總算告一段落。

「……」

突然，我與克里夫四目相接。他正以一種充滿焦躁與困惑的表情看著我。

為什麼要擺出那種表情？確實，就連我也不能完全接受這個結果。

透過這種宛如私刑般的做法，入獄十年。我認為太過蠻橫。

可是，這不就是你們的規則嗎？神殿騎士團也對我做出了類似事情。那麼，這種做法應該就是遵照你們的規則而裁決的正式結果吧？

「走吧，克蕾雅夫人。」

貝修緩緩地伸出手，盡可能地不去刺激克蕾雅。

克蕾雅以害怕的眼神看著那隻手，身體試圖逃走……

「唔！」

在下一瞬間，貝修被撞飛了。

厚重的鎧甲鏘的震了一下，同時讓他退了一步。

貝修立刻沉下腰並準備拔劍，但他僵住了。

抵抗的並不是克蕾雅。而是在克蕾雅的身旁，像是被卡萊爾與克蕾雅夾在中間坐著的——

一名女性。

塞妮絲就站在克蕾雅前面。

她攤開雙手，像是禁止任何人過去。

她以空洞表情面向貝修，然而動作卻明顯令人感受到敵意。

她正在……保護克蕾雅。

「……！」

我更加混亂。

為什麼塞妮絲會保護克蕾雅？是下意識的動作？

不過，她至今也曾經依據狀況而行動。她會這麼行動時，都是為了家人著想。是因為她不清楚自己被做了什麼，才會反射性地保護母親？

「……」

感覺遺漏了什麼。

像這種時候，我總是會出錯。仔細想想，帕庫斯那時也是這樣。

冷靜，只要冷靜想想，說不定就會知道看漏了什麼。

可是沒有時間了。貝修肯定會立刻架開塞妮絲，把克蕾雅帶走。

該制止他嗎？不顧後果阻止他好嗎？是不是應該再問得更清楚一點？

可是，克蕾雅她，把塞妮絲……

「請等一下！」

無視正在迷惘的我，一道制止貝修的聲音響起。

就像是要擋在塞妮絲面前那般，一名個頭嬌小的人物走了出來。那是直到剛剛都以責備眼神看著我的人物。是克里夫。

「這種蠻橫的做法根本不正常。」

他就像要袒護塞妮絲似的，站在貝修的前面。

「像這樣逼迫一名年邁的女性，將其當作犧牲者的做法，米里斯大人是不會允許的！」

「區區一介神父，想對教團的正式決定提出議論，甚至自稱米里斯大人的代言人嗎！」

樞機卿大聲喊道。

「那麼，樞機卿是認為米里斯大人會允許這種事嗎！丈夫拋棄了妻子，唯獨孩子試圖保護母親時，一群人卻圍過來把母親強行帶走的這種行為！」

「雖然是孩子，但也只是喪失了心智的大人啊！」

「跟年齡沒有關係吧！父母歸父母，孩子歸孩子啊！」

看到克里夫正顏厲色地回應，樞機卿板起了一張臉。

然後，立刻把臉朝向自己部下的神殿騎士。表情看起來就像在表示「讓這個傢伙閉嘴」。

但是，他面向的是特蕾茲。克里夫也望向了特蕾茲。

「神殿騎士團『盾組』中隊長，特蕾茲．拉托雷亞小姐！她對妳來說也是母親！這樣好嗎？米里斯大人說過：『騎士不論何時都不得背信忘義。然而有時仍須優先守護親愛之人。』對妳而言，難道自己的母親不值得去愛嗎？她養育妳直到今日，難道妳都沒感受到愛嗎？就算真的感受不到，如今活到了這個年紀，回想一下過去，難道不認為應該要向她報恩嗎？」

特蕾茲露出苦澀的表情，把臉轉向旁邊。

克里夫維持憤怒的表情，掃視周圍。他的視線落在我身上。

「你也是，魯迪烏斯！」

他以一如往常，不帶有一絲迷惘的眼神直視著我。

「這種做法，你會滿足嗎？把神子當成人質，做出這種一點也不像你的方法，讓你的親祖母掉入陷阱，被打進大牢，你就滿足了嗎？」

「……」

被這麼一問，我沉默不語。克里夫的說法有些奇怪。我也不是自願把神子當作人質，把克蕾雅打入大牢也不是我的意思。

事實上，克蕾雅確實做了壞事。那麼接受處罰不也是理所當然嗎？

不該用那種感性的話去推翻這個前提吧。

「你或許是跟她吵了一架沒錯。但是，以前每當與家人發生爭執，你總是會體諒對方的感受並將事情解決吧？我也聽諾倫說過。即使是當時對你這麼冷漠的諾倫，你在她失意的時候依然義無反顧地伸出援手。你這次也很努力。和我祖父以及特蕾茲卿商量，打算私底下跟她和解。你明明都這麼做了，這樣好嗎？」

他好像有些誤會。

我之所以會想私底下和平解決，終究是為了傭兵團與克里夫。其實根本不是考慮到家族。但是，克里夫應該不是想聽我吹毛求疵吧。

「……」

「回答我！魯迪烏斯．格雷拉特！是好，還是不好！根據你的回答，會決定我是否鄙視你！」

不知為何，這句話觸動我的心弦。有東西刺進我的胸膛。

為什麼？

當然，就算是我，也不認為把家人關進牢房是件好事。但是，克蕾雅不一樣吧。她並沒有把我視為家人看待。

她不一樣。她不是家人。

「……」

可是，依舊有種像是被魚刺卡到的不快感。

我不知道那是什麼。

但要是不拔出來，就沒辦法回答。

「克里夫學長……在回答你的問題之前，我可以先向克蕾雅夫人請教一個問題嗎？」

「……？」

我沒有等克里夫回答，便轉向克蕾雅那邊。她以混雜著害怕卻毅然的態度，承受了我的視線。

「妳到底……為什麼要綁架我母親……？」

克蕾雅表情始終如一，只是彷彿理所當然般地回答。

「是為了女兒，以及家族。」

「妳是真的認為，強迫變成這個模樣的女兒去結婚，真的是，為了女兒著想嗎？」

「要看時間，還有場合。」

我不知不覺握緊拳頭。雙手用力，並狠狠咬緊牙根。這個人……為什麼會這樣啊？這個時候，明明只要否定，只要說是自己錯了，說不定就能逃離這個窘境啊。

「……」

周圍以試探的表情看著悶不吭聲的我。簡直就像是現場的決定權操之在我。

不對，事實上也沒錯？我現在依然握著神子的手臂。

打從一開始就不是對等溝通的狀況。

「女兒，還有家族，哪邊比較重要？」

「兩者都是相同重要。」

曖昧不明的回答，讓我心生焦躁。

她為什麼不試圖說服我？就算是她，也應該明白目前是我有利。只要我說希望原諒她，這件事就能平息收場。不對，雖然沒辦法一筆勾銷，但克蕾雅不至於要在監獄關上十年。畢竟也

沒有人因此喪命，應該能用其他懲罰了事。

所以——

夠了。

別再撐了。

快道歉啊……

看到我在迷惘，克蕾雅狠狠哼了一聲。

「不需要勉強。我從沒想過求你幫忙。如果為了女兒所做的事情得受到處罰，那我甘之如飴。」

「……妳！」

妳……妳這……啊啊……可惡，根本沒辦法溝通。

被塞妮絲袒護，又被克里夫袒護。到頭來說的，卻是這種話嗎……

不可饒恕。

「既然妳都這麼說了，那我也沒有……嗯？」

說到一半，肩膀附近突然有被戳的觸感。

猛然一看，發現神子正用沒被我抓住的另一隻手戳著我的肩膀。

「魯迪烏斯大人。」

「怎麼了？」

神子臉上面無表情，並不是平常天真無邪的那張臉。
雖然面無表情，但是總覺得她看起來很清澈。散發出猶如聖女般的氛圍。
「請你幫幫她。」
「為什麼？」
我不會被氣氛牽著走。我已經不打算原諒克蕾雅。至少她壓根就沒有要與我和解的意思。
她只是個想完全掌控女兒的愚蠢母親。肯定也對阻止她的孫子看不順眼吧。
思考方式就像個一旦事與願違，就會到處胡鬧的小孩。
「克蕾雅大人是真的只為了女兒與家族著想。」
「如果只是想，任誰都能辦到。」
要是沒有好好站在對方的立場設想也毫無意義吧。
即使覺得是出於善意，但是把對方不期望的事情強加在對方身上……那叫作多管閒事。
況且這次的關心方式是非常壞的方向。誰也不期望這種事發生。
「克蕾雅大人所思考的『家族』，也包含魯迪烏斯大人在內喔。」
「這是什麼意思？」
「因為這次的事情，也是因為考慮到你的立場而做的。」
考慮到……我的立場，那為什麼會變成這樣？
為什麼會演變成這樣？我搞不懂這個意思。希望能講我聽得懂的話。

「請相信我，只要一看眼睛就知道了。」

唔。是身為神子的能力嗎？一看眼睛，就可以看到過去的記憶。換句話說，她這麼做是基於某種理由。但我哪知道她有什麼理由。

「克蕾雅夫人，關於神子大人所說的話，能麻煩妳說明嗎？我實在不太懂她的意思。」

「也沒什麼好說明的，我也不清楚她指的是什麼意思。看來神子大人也是會說謊的吧。因為我根本就沒考慮過你的立場。」

她擺起架子回應。

就是這樣。克里夫、神子大人。不管你們再怎麼袒護她，但看到這種態度，就算心中還是有一些懸念，但我說什麼也沒辦法讓步……

算了，就到此結束吧。

「像這種根本不打算接受我的人，我沒有與她和解的打算……」

我混雜著嘆息如此說道，克蕾雅也以若無其事的表情點頭。

克里夫以沉重表情瞪著我，神子則是露出了悲傷神情。特蕾茲朝克蕾雅投以視線，貝爾蒙多卿有所動作，而塞妮絲——

回過神來，塞妮絲已站在我的眼前。

「……」

啪的一聲，搧了我一巴掌。

幾乎沒有使力。是甚至不會留下痕跡，毫無力道的一擊。

「咦？」

可是，卻莫名疼痛。被打的地方，感覺非常地炙熱。

「唔……」

淚水突然湧出。

我還沒注意到為何而流，塞妮絲便從我的身旁走過。

回頭望去，那裡站著被銬上手銬，在離開房間前觀望著事情發展的卡萊爾。

由於在我的後面，直到剛才都看不到他的表情。

但是，那張臉上的表情複雜，就像是混雜著擔心、焦躁以及後悔的情緒。

他也被搧了巴掌。果然是啪的一聲，無力的一掌。

塞妮絲以搖搖晃晃的不穩步伐走著。

沒有人制止她。不論是聖堂騎士，還是神殿騎士，誰都沒有制止。塞妮絲走在時間停止的空間當中。

然後，站到了克蕾雅面前。

她的手緩緩抬起，果然也要賞她一掌……

不對，並不是巴掌。她以雙手，撫著克蕾雅的臉頰。就像是在凝視那般，近距離看著她的臉。

從我這邊無法窺見塞妮絲的表情。
但是在看到塞妮絲的臉後，克蕾雅的表情起了戲劇性的變化。
首先，她大大地睜開雙眼。
然後，嘴唇顫抖。
臉頰、肩膀以及身體都開始打顫。
震動一路傳到指尖，彷彿被那股震動逐漸挪動似的，克蕾雅慢慢抬起雙手，像是要包裹起來一樣握住塞妮絲的雙手。
「喔……啊……啊……啊啊啊……」
從克蕾雅的嘴裡，發出了既不像哭泣，也不像呻吟的慟哭。
她就像是要親吻塞妮絲的手似的，將手拉近了自己的臉。
淚水從克蕾雅的眼睛奪眶而出。與此同時，就像是再也無法忍受顫抖那般，跪下了雙膝。
「啊。」
從後面傳來聲音的同時，有某人穿過了我的旁邊。
是卡萊爾。他在雙手依舊被綁住的狀態下，衝向克蕾雅。
然後，坐在她的旁邊，同時如此說道：
「克蕾雅，可以了，別再逞強了。」
「啊……啊啊，親愛的……塞妮絲……塞妮絲她……」

克蕾雅的臉因為哭泣而皺成一團，她抱住了卡萊爾。

卡萊爾打算摟住她的肩膀，然而或許是看到手銬判斷沒辦法，便將手疊在克蕾雅將塞妮絲的手裹住的那雙手上。

「已經不要緊了。即使妳不再勉強自己，也不要緊了。」

卡萊爾這樣說完，便挺起身子。

在響徹著克蕾雅哭聲的空間當中，他環視周圍，並如此說道：

「非常抱歉。我接下來會坦承一切。希望能等到說完之後再進行處分，可以嗎？」

卡萊爾這番話，讓空間內的時間開始流動。

我想他應該是對在場的所有人說的。

但是教皇、樞機卿、克里夫、貝爾蒙多卿、特蕾茲，以及聖墳守護者的成員全都面向了我。

神子拉著我的衣袖。用雙手拉著。

不知何時，我已經鬆開了神子的手。

「……我知道了。」

我像是倒下一樣重新坐回座位。

被塞妮絲拍打的臉頰，依舊還在發燙。

第六話「為了家族，為了女兒」

克蕾雅．拉托雷亞自出生以來，便生性固執且愛慕虛榮。

是個不肯承認自己錯誤，也不肯坦率道歉的小孩。

她的母親，魯迪烏斯的曾祖母美露蒂．拉托雷亞，曾對這樣的她如此說道：

「成為一個正確的人。」

這句話，可說是錯誤的教育。克蕾雅固執，又不肯承認自己的錯誤。只要她不犯錯，即使固執也不會造成任何問題。雖然是這樣認為，但是對人類來說，要一輩子不犯錯，終究還是不可能的。

但是，教育很成功。克蕾雅成為了一名嚴謹的人。

並不是正確，而是成為了嚴謹的人。無論是對自己，還是對他人都很嚴格。

克蕾雅在教育的過程中，注意到自己沒辦法不犯錯而活下去。

因此，她為了不讓自己犯錯，決定成為一名嚴謹自律的人。

只不過，或許是因為這個副作用，她變成了一個會嚴以待人的人。

不論是對自己，還是對他人都很嚴格。

那就是名為克蕾雅．拉托雷亞的這名人物。

然而，教育是成功了，但是固執又愛慕虛榮的個性並沒有矯正。

嚴謹的她很勤奮，也很努力。

愛慕虛榮的她，不管多麼辛苦、多麼痛苦，也絕不會讓他人察覺。

嚴謹的她，以相同的標準要求別人。

固執的她，即使自己受到指責也絕不認錯。

是個討人厭的人。

以旁人的角度來看，她不用付出辛勞就能讓事情成功，但卻要求別人拿出與自己相同的成果。要是對方說喪氣話就會予以斥責，即使被指出失誤也絕不道歉。她就是這樣一個冷酷、不知辛勞、不了解別人心情的人。

當然，有人看穿了她那樣的本性。

也有人認同她私底下的努力。

然而也僅止如此。只是「認同」而已。

心地善良的人曾說過，就算我認同妳，大家也不會認同妳的。

但她沒有改變。不管是母親的教誨，或是自己的做法，都絕不會錯，沒有改變的必要。

以結果來說，當她從米里斯神聖國的貴族學校畢業時，成了知名的古怪學生，讓同年代的人敬而遠之的存在。

成年之後，也始終找不到結婚對象。

身為拉托雷亞家的長女，自然會有幾件婚事上門，但實際上見到本人的這些貴族男性，看到了她嚴謹且固執的一面之後，便逃之夭夭了。

「要是結不成婚，我去當尼姑總行了吧。」

十八歲的時候，克蕾雅這樣說道。

身為拉托雷亞家的淑女，與其被貼上晚婚的標籤給家族蒙羞，倒不如這樣做比較好。

這對當時米里斯神聖國的婦女來說是很普遍的想法。

有個名為卡萊爾．裘蘭茲的少年。

卡萊爾是新進神殿騎士，是神殿騎士團「劍組」的中隊長，克蕾雅的父親拉爾坎．拉托雷亞的直屬部下。

那是某一天發生的事。克蕾雅的父親醉醺醺地回到家裡。

拉爾坎是名嚴肅的人。對自己是毋庸置疑，就連對克蕾雅與克蕾雅的母親，也總是表現出嚴肅一面。

因此，他會以這種狀態回來實屬罕見。

當然，這並非是第一次。每當父親以這種邋遢模樣回來，都是由克蕾雅的母親幫忙照顧。

幫他脫下鎧甲，餵他喝水，為了不讓家人察覺到他喝醉酒的狼狽模樣，會扶著肩膀將人帶

回床上，讓他看起來只是相當疲憊。

這麼做的時候，克蕾雅的母親不曾責備過父親。

因為，克蕾雅的母親了解神殿騎士這份工作很容易累積壓力。

然而不巧的是，那天克蕾雅的母親正好因為娘家有事而外出。

克蕾雅第一次撞見自己父親脆弱的一面。

克蕾雅責備了父親。身為拉托雷亞家當家的人，這種失態是怎麼回事？平常總是諄諄教誨自己的話只是嘴巴說說而已嗎？

父親雖然醉了，卻也因為被女兒看見脆弱的一面，而羞愧得說不出話。

此時居中調解的，是將克蕾雅的父親帶回家裡的卡萊爾。

「今天，隊長會酗酒是有理由的。在作戰行動中，一名騎士死了。並不是誰的錯。但是，他為了悼念那名騎士而喝了酒。隊長雖然一不小心喝了許多，但那是基於對逝去之人的悔恨。就算妳是隊長的女兒，我也不允許妳侮辱這份感情。」

這番話讓克蕾雅無言以對。

她一語不發。但並不是在生氣。

她默默地照顧了父親。餵他喝水，攙扶著道歉的父親，但是一個人扶不住，所以麻煩卡萊爾幫忙將人帶進房間，換好衣服，讓他在床上就寢。

克蕾雅在這段期間，一句話也沒有多說。

儘管她明白自己是錯的，卻無法對父親以及卡萊爾賠不是。

她那倔強的一面，不允許自己道歉。

但意想不到的是，卡萊爾看穿了這點。他明白克蕾雅雖然臉上掛著不悅神情，但已經承認了自己的錯誤。

「妳是個溫柔的人。」

離別之際，卡萊爾留下了這句話。

克蕾雅當時並不清楚他這句話是什麼意思。

但是她知道眼前這名少年，恐怕比自己還小一兩歲的這名少年，注意到自己的某種特質。

後來，卡萊爾經常被邀請到拉托雷亞家作客，最後，便以克蕾雅的夫婿身分入贅。

兩個人之間，共生下了五個孩子。

一位男孩、四位女孩。

克蕾雅以嚴厲方式養育他們。她施以嚴格的教育，就像自己曾經歷過的那樣。

長男成為了神殿騎士。

長女嫁到了侯爵家。

兩個人都符合克蕾雅的期望，成長為在米里斯這個國家，無論去哪都不會丟臉的紳士淑女。

而最令克蕾雅寄予厚望的，是稍微隔了一段時日才出生的二女。

她比年長的兩位更加優秀。

不管是誰來看都非常美麗且清廉，是能令她引以為傲的完美作品。

塞妮絲．拉托雷亞。

她離家出走。背叛克蕾雅的期望，奔出家門成為冒險者，從此音訊全無。

克蕾雅怒火衝天。在其他孩子面前口沫橫飛地咒罵她是個笨女兒，做出了最愚蠢的選擇，你們可不能像她那樣。

她如此露骨地表現出自己的感覺，還是有生以來第一次。

自己最關注的女兒，步上了自己最不期望的道路。

這件事，她比任何人都還感到無比震驚。

三女莎烏菈也踏上了她不期望的道路。

她與某位男爵結婚。可是，那位男爵卻在權力鬥爭中落敗，莎烏菈也被捲入這場紛爭中而喪命。這種狀況在治癒魔術發達的米里斯實屬罕見，但終究還是遇上了。

拉托雷亞家賭上家族威信，給予殺害莎烏菈的凶手應得的下場。

但是，莎烏菈不會回來。

克蕾雅很傷心。和正常人同樣傷心。

然而四女特蕾茲無視克蕾雅的傷痛，也選擇了克蕾雅所不期望的道路。

她加入了神殿騎士團。

克蕾雅當然也痛斥這個決定。像妳這種丫頭，怎麼可能在神殿騎士團生存。

明明只要聽我的話，把妳栽培成一名淑女，就會好好幫妳安排結婚對象，讓妳得到幸福。

特蕾茲卻不屑地笑著說「被捲入權力鬥爭而死，就是妳所謂的幸福嗎？」，結果兩人大吵一架。

克蕾雅撂下狠話說「不准妳再跨過這個家的門檻」，將她逐出家門。

當時，克蕾雅絲毫不覺得自己說錯話。

塞妮絲也好，特蕾茲也罷，總有一天會撐不下去。

肯定會回來哭著求自己，當時她是這麼認為。

從那之後，十年的歲月流逝。

塞妮絲一如既往音訊全無，然而特蕾茲卻在不知不覺間，破例被提拔為神子的護衛隊長，成功出人頭地。

單純只是由於神子是女性，才會在女性騎士當中尋找優秀的人才罷了。

克蕾雅是這麼認為，實際上也確實如此。

儘管特蕾茲本身的事務能力與指揮能力出色，但身為騎士的實力只是一般水準。

不過，只要克蕾雅陪同丈夫一起參加派對之類，便經常聽到「拉托雷亞家的人真是了不起，無論在哪個方面都很活躍」。

就算克蕾雅再怎麼倔強，她終究是對自己很嚴謹的人。

只要了解錯在自己，雖然不會道歉，但依舊能矯正想法。

而原本覺得走錯路的女兒卻拿出了成果，更令她深深明白自己的不是。

於是克蕾雅原諒了特蕾茲，與她和解。

只不過，克蕾雅在面對特蕾茲時所說的並不是道歉，而是以盛氣凌人的態度說出「我就原諒妳吧」這種話。

要不是特蕾茲身為神殿騎士團的中隊長，已經習慣每日與個性有問題的人物來往，且熟知母親個性的哥哥有居中調解，想必又會引發口角。

然而在這個時候，克蕾雅依舊沒能原諒塞妮絲。

但是，若是能露個臉，或者是她表現出想要溝通的態度倒是不成問題，她是這麼認為。

在那之後又過了幾年，保羅前來拉托雷亞家求助。

在阿斯拉王國發生的魔力災害。菲托亞領地轉移事件。保羅以搜索失蹤者部隊的隊長身分出現，請求拉托雷亞家協助搜索。

一聽到塞妮絲也是下落不明的人之一，克蕾雅便理所當然地贊同此事。

她說服了卡萊爾，要他提供資金與人員。

她想要快點找出塞妮絲，告訴她「看吧，就是因為忤逆我才會有這種下場」。

但是，並沒有找到塞妮絲。

就算過了一年、過了兩年，依舊沒有找到。在這段期間，塞妮絲的丈夫保羅日漸憔悴。他毫不掩飾自己的辛酸，明明女兒也在身旁卻沉浸在酒精之中。

克蕾雅認為比起塞妮絲，更應該先對孫女諾倫做些什麼才行。

她考慮要將年幼的諾倫收容在家裡，跟她的父親分開。

然後，打算對諾倫灌輸淑女應有的教育。因為她認為這麼做才是最好。

不過，由於卡萊爾也反對此事，因此她無法強行拆散保羅與諾倫。

於是克蕾雅開始過著一邊看著諾倫，一邊咬牙切齒的生活。

不久之後，保羅重新振作了起來。據特蕾茲所說，好像是長子魯迪烏斯揍了保羅，矯正了他的行為。克蕾雅在那個時候，稍稍對魯迪烏斯這號人物產生了興趣。

不過，對方連到自己這邊打聲招呼都沒有，從這點來看，保羅的兒子終究還是保羅的兒子，她這樣輕視魯迪烏斯。

後來，發現了保羅重婚的事實。

因為他的小妾莉莉雅，以及女兒愛夏來到了米里斯。

克蕾雅是米里斯教徒。自然不會允許娶兩名妻子這種不忠之事。

但是，保羅並非米里斯教徒，將教團的教義強押在別人身上，克蕾雅也明白這是多麼愚蠢的舉動。

她每個月會傳喚兩人幾次，灌輸拉托雷亞家的教育。

學習禮儀規矩，以及簡單的儀式。

對克蕾雅而言，只是理所當然地學習理應要會的事情。

然而諾倫的表現贏不過愛夏，總是在鬧脾氣。

克蕾雅很不喜歡她那樣的態度。明明只要努力就能辦到，諾倫卻是早早放棄不肯嘗試。

她是太害怕輸給愛夏，所以才敷衍了事。這麼認為的克蕾雅向諾倫說，沒有贏的必要。只要擁有符合拉托雷亞家淑女的能力就好，克蕾雅這麼叮囑諾倫。

克蕾雅認為她有以自己的方式鼓勵。

但是，諾倫的狀況始終沒有好轉，儘管用盡了所有話語鼓勵，她依然不成氣候。

而身為小妾女兒的愛夏，卻瞧不起那樣的諾倫，這讓克蕾雅火冒三丈。

生氣的克蕾雅變得感情用事，因此不論對愛夏還是對莉莉雅都是百般刁難。

到頭來不管是諾倫還是愛夏，都在沒有符合克蕾雅期望的情況下跟她道別。

後來，又過了幾年的歲月。

沒有收到發現塞妮絲的報告，克蕾雅回憶起與孫子在一起的日子。

長子、長女的孩子們都已經陸續成年。大家都成長得十分出色，成為了不管到什麼地方都不會丟臉的米里斯貴族。

身邊已經沒有孩子們的身影，也沒有孫子們圍繞。

諾倫與愛夏。她們兩人也差不多成年了才對。現在變得怎麼樣了呢？

仔細想想，唯獨那兩個人沒有符合自己的期望。

因為她們終究是塞妮絲的女兒嗎？塞妮絲到底是怎麼教育小孩的……

這樣思考的克蕾雅突然打消了這個念頭。歸根究柢，塞妮絲根本就連教育女兒也辦不到。

生下她們還沒過多久，才剛一歲或是兩歲的時候，就發生了轉移事件。塞妮絲甚至沒有機會去教育剛懂事的女兒。

諾倫是被男方獨自扶養長大。

愛夏或許也是因為轉移事件的影響，並沒有被教好要尊重正妻的小孩。

塞妮絲雖然是那樣的孩子，但是勤奮向學。有段時間甚至還被稱為米里斯貴族千金的榜樣，是非常出色的淑女。即使是成了冒險者，只要由她好好教導……

克蕾雅開始強烈地懷念起塞妮絲。

想見她一面。雖說見面之後，肯定也只會痛斥一頓，讓塞妮絲敬而遠之，但即使如此也想見她一面。

就在這個時候。

從魯迪烏斯那邊捎來了發現塞妮絲的報告。

報告的內容指出，儘管塞妮絲喪失記憶，陷入了心神喪失狀態，但是她依然活著。

信的內容很簡潔，上面只以簡明扼要的文體描述在哪發現，處於什麼狀態。

甚至，還輕描淡寫地寫上了保羅的死訊。

儘管文章中提及今後打算幫她治療，但連一句話也沒寫到會帶她回來。

克蕾雅立刻回信。

無論如何，都想再見到塞妮絲一面。

★★★

然後又過了幾年。

這段期間，克蕾雅調查了治療塞妮絲的方法。

她四處詢問米里斯裡的醫生及治癒術師，也去了米里斯教團旗下的圖書館無數次。

在這段過程中，她也閱覽過魔族留下的文獻。儘管這種行為其實不被允許，但是她相信在漫長的歷史當中，肯定會找到相同的案例。

於是，她找到了。

一種很詭異，不確定是真是假。非常難以相信，令人作嘔的方法。

不過，作為前例來說，確實有一個成功治療的案例。

並不是魔族的治療法。好像有一名長耳族罹患過類似症狀。據說那名女子以心神喪失的狀態出現，然而在與許多男人交媾之後，她取回了自己的心智。

這種事情難以置信。是妖言惑眾。那樣的方法，根本連試也不用。

然而，她為了找尋證據而持續進行調查之後，才發現……那名人物似乎是真實存在。

而且，據說她現在也持續在與男人交媾。

克蕾雅很苦惱。嘗試那種治療法好嗎？塞妮絲應該也不願意這麼做吧？

但是，即使如此。假如真的沒有其他方法……

正當她為此苦惱的時候。

魯迪烏斯帶著塞妮絲回來了。

塞妮絲被她的兒子魯迪烏斯，以及小妾的女兒愛夏兩個人帶回來了。

僅僅三個人。自從信寄出之後，頂多三年。即使是不習慣寄信到遠方的克蕾雅，也明白魯迪烏斯是連忙趕來。

她認為首先要慰勞他們並寒暄幾句。接著再確認治療的進行狀況，以及今後的治療方針。

若是還有餘裕，就詢問諾倫與愛夏的近況。

可是看到塞妮絲的瞬間，這些預定就全被她拋諸腦後。

克蕾雅走進房間，一看到了塞妮絲的臉，靠近她，近到不能再近，看著她飄移不定的視線，湧起一種彷彿心被狠狠揪住的感覺，內心的焦躁隨著嘆息吐出，拜託了經常來看診的醫生安得爾。

安得爾這名人物，是來幫最近身體狀況總是有毛病的克蕾雅管理健康的醫生，克蕾雅也會針對塞妮絲的治療法向他請益。

被許久不見的塞妮絲吸引注意力的克蕾雅，在對無視魯迪烏斯一事感到抱歉的同時轉過身子。

此時，她突然發現縮在沙發角落坐著，身穿女僕服的女性。有著深色褐髮的那名女性。她不可能認不出來。

然而，克蕾雅在那瞬間注意到的，是她的打扮。

女僕服。

「愛夏小姐，好久不見。今天……妳是以哪種立場而來的？」

「咦？那個……就是，為了照顧塞妮絲夫人……而跟過來的。」

聽到這個回答，克蕾雅不禁大聲凶了起來。

照顧。換句話說是以女僕的身分前來。既然這樣，身為主人的塞妮絲及魯迪烏斯明明站著，愛夏自然沒有坐著的理由。對於克蕾雅而言，這次的訓斥是合情合理。

但是，魯迪烏斯卻插手干預。

這很正常。因為克蕾雅搞錯了事情的先後順序。

初次見到的魯迪烏斯，是個與保羅十分相像的青年。不論願不願意，魯迪烏斯的臉都會讓克蕾雅憶起保羅的長相。那個老是喝得酩酊大醉，毫無品行可言的保羅。

那個保羅。要是沒有他，塞妮絲或許也不會變成這副模樣。

克蕾雅的腦海，甚至還湧現出這樣的情感。

或許是因為這樣，在接下來與魯迪烏斯的對談當中，克蕾雅表現出了她不好的一面。

固執又愛慕虛榮的個性，令她隱藏自己的失敗，表現出高傲的態度。

不過，魯迪烏斯的態度很真摯。

對於克蕾雅尖酸刻薄的話語，他正大光明地以道理反駁。看到他如此光明磊落的態度，讓克蕾雅提高了對魯迪烏斯的評價。

後來的對話，照克蕾雅所料想的那樣進行。

確認治療的進行狀況，諾倫的近況。至於愛夏，則是因為剛才斥責她而感到尷尬，所以默默不問。

魯迪烏斯似乎稍稍欠缺了米里斯的常識，但是有身為當家的自覺，也明白表示會好好照顧諾倫。

克蕾雅一改對他的看法。儘管還很年輕，卻是個有當家自覺的有為青年。

克蕾雅是這麼看待他的。

龍神奧爾斯帝德的屬下究竟是何種程度的地位，克蕾雅不得而知。

克蕾雅雖然缺乏對武學方面的知識，但既然他說自己與阿斯拉王國的國王關係親密，即使剛升為當家，也可以說是無愧自己的家世吧。

他配得上顯赫的家世，有著高度責任感以及實際成果。

克蕾雅看得出來，眼前的這名青年，恐怕是比自己所想的還要傑出許多的人物。

那個塞妮絲的兒子居然……

這樣一想，就湧上了一種令人懊悔，卻又為此感到驕傲的複雜心情。

但是，正因為是這樣才有問題。

接下來要進行的治療法，勢必會被他人指指點點。讓一個女人與一群男人交媾，並不是能被允許的行為。

魯迪烏斯真的有辦法接受那個治療法嗎？稍微試探了一下，他便有如烈火那般怒不可遏。

即使變成這種狀態，他依然愛著塞妮絲。這是當然的吧。否則的話，不可能花上好幾年把她帶來米里斯。

而且，克蕾雅認為他肯定不知道那個治療法，也沒有嘗試過。

應該把治療法的事情告訴他嗎？雖然可信度很低，但似乎有一試價值的這個方法。

還是說，要是把治療法的事情詳細告訴他，說不定能得到贊同。

但是……克蕾雅想了一下。

眼前的這名青年，他還有大好將來。

根據風聲指出，他似乎與教皇派的神父有密切來往。同時，也有傳言指出教皇的孫子回到了米里希昂這塊土地。由於旅途漫長，就算他們是一起回來也不足為奇。

說實話，對克蕾雅而言，那些權力鬥爭其實怎樣都無所謂。

但是，萬一魯迪烏斯要以教皇派的身分行動呢？不是以拉托雷亞家，而是打算以格雷拉特家，作為奧爾斯帝德的屬下，依附教皇派，在這個米里希昂活動。

治療法勢必會成為他的枷鎖。

一旦對自己的母親嘗試那種治療法，勢必會形成醜聞。這個國家的所有人都會在背後指指點點。他勢必會無法在這個國家生存下去。

應該要把那個治療法，告訴那樣的他嗎？要讓他參與這個行動嗎？

不。克蕾雅得出了這個結論。

他還是什麼都別知道比較好。

別讓他知道母親會與一群男性交媾。別讓他扯上關係比較好。

這件事是克蕾雅自作主張。與拉托雷亞家無關的魯迪烏斯，跟此事毫無關聯。

這樣做比較好。

沒有不嘗試治療法的選項可選。畢竟克蕾雅已經等待了將近二十年。

等著與塞妮絲見面，與她交談的那一刻。

於是，克蕾雅開始行動。

她打算由自己來扮黑臉。

故意激怒魯迪烏斯，讓他與拉托雷亞家決裂。

從家裡派出使者，綁架塞妮絲。

可是，到了這裡，她就停止了行動。

帶回家裡的塞妮絲。成長後，開始衰老的塞妮絲。依舊是如此美麗，作為一名女性依然吃得開的自己的女兒。

讓她與不特定多數的男人發生關係，真的好嗎？

不好。當然不好。

但是，塞妮絲在這種狀況下，應該也不希望讓兒子一直照顧自己。

如果她能開口說話，肯定會要求別人把她治好。

克蕾雅甚至還想到了這樣的藉口。她對自己找這種藉口感到噁心。

希望有誰來阻止自己。現在，自己正打算要做不可以去做的行為。如今她已經無法阻止自己。

煩惱。苦惱。糾結。

一整天，她都和塞妮絲待在同一個房間，抱頭苦思。

什麼都沒做只是發呆的塞妮絲，偶爾會表現出像個人類的反應，讓克蕾雅更加煩惱。
而阻止她的，是卡萊爾。
卡萊爾從特蕾茲那邊聽說了事情的大概，接著從主治醫生安得爾那邊聽說了事情的全貌。
治療法的事，以及想要嘗試這個方法的妻子正為此苦惱的事。
妻子正打算做出令人髮指的事情。
他對著那樣的妻子，溫柔地說道：
「……在嘗試那個治療法之前，先請神子大人看看吧。」
只要知道塞妮絲的記憶，說不定就能釐清什麼。
或許可以因此讓她下定決心。也或許正好相反，會讓她放棄嘗試這種治療法。
卡萊爾為了要請神子窺視記憶而提出申請。
他動用了神殿騎士團大隊長的所有權限，隱瞞塞妮絲的名字，不讓魯迪烏斯察覺到自己的行動，在這樣的狀況下實現了晉見神子的許可。
一般來說，神子不會基於個人因素去窺見記憶。
而他辦到了，預定晉見神子的日子，就是今天。
今天，卡萊爾與克蕾雅帶著塞妮絲，私底下前往教團本部的這一天。
發生了綁架事件。

★魯迪烏斯觀點★

「因此，我們現在才會在這裡。」

事情經過講到這裡就結束了。

克蕾雅雙眼泛紅，卡萊爾則是一臉沉痛表情。

周遭的反應各不相同。有人皺起眉頭，也有人以苦澀表情環起雙臂。

特蕾茲用手摀著嘴，表情一臉震驚。

神子就像是在表示她早就知道似的掛著微笑。

克里夫面無表情。該不會他已經事先在哪聽過這段話了吧？

但是，像這樣聽完之後就能理解。克蕾雅想做的事情肯定是不會被原諒的。就算是未遂，光是「曾經想讓」自己的女兒做出那種事就不能原諒。

非但我無法原諒，社會也不會原諒。以米里斯教的教義來說也是不能允許。

雖然不知道在這個國家的法律上是否有罪，起碼照周遭的反應來看，無疑是會讓家族顏面無光的行徑。

而且要是我也參與其中，理所當然的，我在這個城市的活動將會形同絕望。

所以，才會和我分道揚鑣。試圖自己一個人設法解決。打算獨自煩惱，獨自接受懲罰。

但遺憾的是，克蕾雅搞錯了。

「那個……所謂的治療法，應該是大約兩百年前的事情對吧？」

一這樣問，克蕾雅就以驚訝表情抬頭。

「沒……沒錯！據說在大約兩百年前，有名症狀類似的女性……」

「然後那名女性，是不是因為這種行為，而被逐出村子？」

「……既然你知道，難不成試過了嗎？」

「怎麼可能。」

那個病例。應該就是指艾莉娜麗潔吧。

當然，與事實有所出入。她是從塞妮絲目前的狀態，花費好幾十年才恢復神智。

變成婊子，則是在那之後。

但是，傳說這種東西就是會流傳錯誤的內容。就算以奇怪形式流傳下來也沒什麼好不可思議。

「我雖然沒有嘗試，但是我有直接見過那名女性，聽說了她的經歷。」

艾莉娜麗潔的事情，或許沒有寫在信上。

當時要保密的事情實在是太多太多了。

「是……這樣啊。」

克蕾雅像是虛脫似的垂下了肩膀。然而，她的表情看起來好像也隱約鬆了口氣。

「那麼，我所做的事情，全都是毫無意義呢……」

「確實是這樣。」

「……這樣啊。」

要是在第一天有聽到治療法，想必我也不會氣成那樣。不是啦外婆，我見過那名女性也問過了，根本不是那麼一回事啦。那樣怎麼可能治得好嘛。

會像這樣笑著帶過吧。

嗯。大概。

「妳明明先跟我說一聲就好了啊。」

「……萬一你不知道其他治療法，有辦法忍住不試嗎？」

「……」

我沒辦法回答。無法肯定地答Ｎｏ。萬一艾莉娜麗潔親口說「自己是因為色色的事情而治好」，就試了吧。一開始不會嘗試，而是尋找其他方法。

但是，從那之後也過了好幾年。要是沒有其他方法，我會怎麼做呢？

煩惱到最後，究竟會得出什麼樣的結論呢？

「可是，既然你已經知道了……我……怎麼會做出這種蠢事……」

克蕾雅這樣說完，又流下了眼淚。

應該是因為想對自己的女兒做出無意義的殘忍舉動，而覺得沒臉面對她吧。

或許她還心存芥蒂。或許有種難解的疙瘩占據內心。

但是我倒是釋懷了。現在，我可以理解她至今為止的言行舉止。

為了女兒、為了家族。克蕾雅的行動，沒有一絲虛偽。

再加上現在的狀況。這次的事情被利用在權力鬥爭的這個狀況。

為了起碼不讓自己打算做的事情曝光，她決定獨自扛下罪行。

會那麼做，是因為她認為至少要保護拉托雷亞家吧。

要保護特蕾茲，以及我不認識的舅舅與大姨他們。

不過，做法錯了。

我不得不這麼說。應該有更好的做法。應該有很多各式各樣的做法才對。

可是，這也是為了塞妮絲，為了我。

為了女兒、為了家族。我和卡萊爾之所以會被塞妮絲賞巴掌，就是因為這樣吧。

「唉……」

真教人嘆氣。對了，克里夫。突然包庇克蕾雅的克里夫。

「克里夫學長，剛才那件事，你是什麼時候聽說的？」

「今天早上。因為我偶然遇見來到教團本部的他們。」

「……為什麼你那個時候沒有幫我阻止他們？克里夫學長也很清楚艾莉娜麗潔的經歷吧？」

「關於治療法的詳細內容，他們只告訴我那是身為人所無法原諒的事情。」

哦，這樣啊。說得也對。

既然他們至今不管對誰都絕口不提，想來不可能對克里夫提起。

「我原本打算要在今天告訴你的……抱歉。」

事情變成這樣也沒辦法。

畢竟是克里夫。他肯定在當時也譴責過克蕾雅與卡萊爾。說你們所做的事情是錯的。趕快把塞妮絲還給魯迪烏斯，跟他道歉。

然後，被他的氣勢震懾的卡萊爾，說明了事情的經過。

聽到身為人所無法原諒的事情，想必他也感到很猶豫。也被要求封口了吧。

所以，他沒有在公開場合把事情講明，而是苦口婆心地告誡我。

他認為只要能在這裡阻止，只要能告訴我克蕾雅的行動是真心為了塞妮絲著想，應該就能重新找到解決的方法。

雖然他的做法也稱不上好……

但那也是因為他顧慮到克蕾雅與卡萊爾的心情。可以說很有克里夫的風格。

不管怎麼樣，我懂了。舒坦多了。

「那麼，我再問一次各位。」

當我整理好自己的心情，克里夫環視所有人開口說道：

「這次的事情，是一名女性為了幫助女兒所做的。然而把這件事用於權謀，像這樣聯合起來百般指責，稱得上是遵從聖米里斯大人的教誨嗎？」

教皇依舊掛著和藹可親的表情。樞機卿則是板著一張臉。聖堂騎士團及神殿騎士團，臉上看起來有些鬆了口氣……他們各自看著克里夫。

「這次的事情是意外。而且是沒有任何人身亡的幸運意外。是由一名母親所引起的，溫馨的意外。有關於時間與騷動的損失。有人一時陷入了不快情緒，也有人因此受傷吧。但是，那又如何？現在不是應該將一切付諸流水，原諒她，將現場的裁定從寬處置嗎？」

克里夫這樣說完，便望向我。

「魯迪烏斯，決定權在你。身為最大受害者，也是戰鬥勝利者的你。」

我老早就放開了神子的手。

但是，神子一直面帶微笑坐在我旁邊。就像是在表示自己早就知道會變成這樣。一副早已看穿一切的態度。這傢伙。

「好吧。」

我以沉穩的氛圍這樣回應。雖說內心或多或少還留有一些疙瘩。

可是，只要待會兒再好好跟克蕾雅談談就行。既然她是那種人，想必只要好好溝通，芥蒂也會自然消失吧。不過，說不定會在談話中稍微有點不爽。算了，這種事情在跟人交流時總是在所難免。

「可是，請讓我提出三個條件。」

此時，我提出了條件。

釋放神子的條件。而且還厚臉皮地提了三個。

「首先，請讓神子大人看一下我母親的記憶，確認是否能治好她。」

「當然沒問題。畢竟我好像原本就有這個預定。」

雖然我這句話是對著樞機卿說的，回答的卻是神子。

態度就像是在表示「我知道的」。

或許，她也早就知道今天要替塞妮絲診察。是因為知道這件事，才會讓我把她捉走，誘導我來到這裡吧。

這個假設可能性很高。

「只不過，因為我沒有辦法恢復記憶，恐怕沒辦法治好她……」

「就算是這樣也麻煩妳。樞機卿猊下也不介意吧？」

「嗯。」

樞機卿看起來心情不錯。

想必是因為他察覺到自己派閥的拉托雷亞家不會受到太嚴重的打擊吧。

「再來，這次的事情就當作沒發生過。相對的，請全面協助『龍神』奧爾斯帝德。」

「當然沒問題。」

「……無妨。」

教皇自是當然，樞機卿也點頭同意。

看來也很有機會販賣瑞傑路德人偶。

關於樞機卿方面，說不定現在先打擊他一下比較好，但結果姑且對我有利，這次就先這樣吧。要是太貪心反而會得不償失。

「另外，還有一件事。」

我望向克蕾雅，還有卡萊爾。兩個人僵著身體看著我。

「還請你們讓我與拉托雷亞家恢復關係。」

聽到這句話，先是特蕾茲撫著胸口鬆了口氣。

卡萊爾一臉歉疚地低下頭，克蕾雅則是哭了出來。

她發出啜泣般的嗚咽開始哭泣。發出既不像謝謝，也不像對不起的聲音，不斷哭泣。

看到那樣的克蕾雅，塞妮絲緩緩地撫摸她的頭。

於是，在米里斯的事件就此閉幕。

第七話「為了報恩」

後來，我寫下了字據。

字據的內容簡單來說，就是這次事件的全貌。由於魯迪烏斯宅心仁厚，神子平安無事。意外的責任歸咎於米里斯教團。米里斯教團今後會全面支持，甚至是支援「龍神」奧爾斯帝德，以及魯迪烏斯．格雷拉特的行動，以示負責。所謂的「行動」雖然也包含與魔族相關的事項，但法律上有問題的行為則不包含在內……像這種感覺。

這次的兩名主謀，教皇與樞機卿理所當然地簽名了。

額頭上冒著冷汗的樞機卿實在很俏皮。

簽下字據之後，作為交換歸還了神子，接著就地解散。

聽說各個相關人士會遵照剛才簡易審判的結果，之後再透過另外舉行的評定會議來釐清這次失態的責任歸屬。

儘管我不知道會受到什麼樣的懲罰，但樞機卿應該能順利躲過。

算了，追究這件事並非我的工作。既然他不是人神的爪牙，雖然是礙事者但並非敵人，更何況就算擊潰了樞機卿一人，排斥魔族的派系也不會就此消滅。

總之，我得到了該拿的東西。襲擊事件這方面，也就此劃下句點。

後來，我帶著塞妮絲與克里夫返家。

回程途中，克里夫喃喃說了一句：

「抱歉。」

「怎麼突然這樣說？」

我愣愣地回話，克里夫說：

「仔細想想，這次的綁架都是因為我不經意的發言引起的。最後雖然算是以好的方式收場，但我只是耍嘴皮子說些了不起的話，感覺反而把事情弄得更糟。」

「是這樣嗎？」

你平常不就是這樣嗎？

以自己的主觀行動，義正詞嚴地講著大道理，可是最後會引導人們得到幸福。

克里夫學長總是如此。

「我沒有放在心上，你可以好好反省這次的事情，活用到下次機會。」

「嗯，我會這麼做的。」

克里夫看起來有些沮喪……比起剛才說的，我更擔心克里夫在這次事件之後的立場。

家裡面，溫蒂正在等著我們。只有溫蒂。

「啊，歡迎回來。」

突然，湧起一種不知愛夏與基斯是否平安的心情。

寫字據時，我不動聲色地試探了一下，但樞機卿及神殿騎士團只回說：「不知道。」難不成是準備用來當作之後的王牌嗎？還是說……

「愛夏小姐、基斯先生，不要緊了！」

結果我的擔心只是杞人憂天。兩個人從地板下走了出來。

「呼，歡迎回來，哥哥……還有，塞妮絲母親。」

兩個人都鬆了口氣。

詢問緣由之後，好像是因為情報指出，克蕾雅與卡萊爾一大早就離開家裡移動到教團本部，他們為了通知我而去了教團本部。

可是，為時已晚。

他們抵達教團本部時，神殿騎士團正在吵吵嚷嚷。移動到教團本部的克蕾雅，以及打算接觸特蕾茲的我。兩個人接觸之後，肯定是擦出了什麼火花。這麼思考的他們想起了我下達的命令，返回克里夫家。

打包好行李後，他們就藏身在家裡，打算一到夜裡就逃出城外。

「這段期間神殿騎士團的人來了好幾次，不過我這次有好好把他們趕走！」

溫蒂這次似乎確實地完成了分內工作。

不過，樞機卿果然也打算對愛夏與基斯下手嗎？真是好險。
「不過話又說回來，哥哥，母親回來了就表示……？」
「嗯，結束了。」
我向愛夏與基斯說明了事情的詳細經過。
全部聽完之後，愛夏發出了感嘆的聲音，眼睛一閃一閃地這樣說道：
「總覺得哥哥就好像英雄呢。就算因為周遭的人失敗而陷入窘境，有一天卻會突然解決了所有事情，凱旋歸來呢。」
別說傻話了。
哪有像我這麼不像樣的英雄啊。

隔天。為了讓神子診視塞妮絲，我們前往教團本部。
卡萊爾與克蕾雅兩人來克里夫家迎接我們，包含克里夫在內共五個人一起搭馬車移動。
在馬車裡面，我和卡萊爾聊了幾句。他似乎對這次的事情感到相當悔恨，一次又一次地向我賠罪。雖然他的做法也多少有些問題……但我並不打算責備失敗。
人是會犯錯的。
重要的是能否反省，活用到下次機會。
在這方面很難說做得面面俱到的我，沒理由對他人的失敗喋喋不休地抱怨。

就算對失敗過的事挑三揀四，也不會有任何進步。

況且基本上，我也沒有責任引導他們進步。

儘管卡萊爾侃侃而談，克蕾雅卻是一句話都沒說。載了五個人的馬車中，她始終保持沉默。

她是怎麼想的？是否該問看看呢？

當我拿不定主意時，已經抵達了教團本部。

我們辦理正式的手續，取得了在教團本部中樞晉見的許可。

我們被帶到的地方，八成是神子平常在使用的房間。

與教皇會面時相同，在中央架設著透明障壁的場所，有兩張椅子、一扇窗戶。

在略顯昏暗的室內，有六名護衛。

沒有看到特蕾茲。是被替換掉了嗎？

不管怎麼樣，診察會在護衛那群跟班的包圍下進行。

不過，這次並沒有特別受到警戒。每個護衛都擺出尷尬表情，把臉從我身上別開。

不需要道歉。畢竟那是他們的分內工作。

況且我也狠狠揍暈了他們。算是彼此彼此。

由於他們還會另外受到與工作有關的懲罰，這樣就好。

再怎麼說，我都還想和他們重新打好關係。

要是遭到那類傢伙怨恨，之後會很可怕。所以如果可以，我想和他們保持良好關係。

「那麼，我要開始嘍。」

神子與塞妮絲面對面坐在椅子上。

達司特輕輕按住塞妮絲的頭，固定頭部，撐開她的雙眼。接著神子將臉貼近，四目相對。

簡直就像是在眼科檢查。

「……喔。」

神子與塞妮絲的視線發光。

視線發光……也只能這麼形容。因為在雙方凝視彼此眼睛的中間，隱約流竄著一道光。

「不愧是神子大人……」

「依然是如此神聖……」

那群跟班忍不住發出嘆息。

至今都沒出現過這種光。是演出效果嗎？不對，或許是不拿出真本事就不會出現。

如同火魔術會藉由提高魔力而增加熱量與亮度，神子的能力也是相同，一旦全力以赴就會呈現出這樣的現象。是光纖網路。

「……」

我看到克蕾雅正將雙拳緊緊握在胸前。

這猶如祈禱一般的姿勢，讓我也繃緊神經。

現在，塞妮絲過去的記憶正被赤裸裸地曝露出來。

在那個迷宮的深處。或許可以看見她飛到魔力結晶裡面的時候當下的記憶。要是能從塞妮絲的記憶當中查明原因，說不定也能找出解決方法。

希望能出現提示。我有博學多聞的熟人，只要有提示，或許就能察覺到什麼。

像是奧爾斯帝德，或是奇希莉卡之類。

「……啊。」

神子輕輕發出一聲，猛然一顫。

達司特立刻放開塞妮絲的頭，迅速地碰了神子的肩膀。

是下載完成了嗎？

「……」

神子睜開眼睛，緩緩起身。然後筆直地望向我這邊。

「魯迪烏斯．格雷拉特。」

「是。」

「我看了塞妮絲．格雷拉特的記憶。」

被叫了全名，所以我端正姿勢。

「如何？」

「直到轉移事件之前，她都待在菲托亞領地的布耶納村，過著一邊養育諾倫與愛夏，一邊在村子的療養院幫忙的生活。」

從那裡開始嗎？

也對，嗯。畢竟要是不把看到的事情依序確實說出，會讓人以為她只是隨口說說。

「自從與你別離，塞妮絲每天都在擔心你。有好好吃飯嗎？有沒有穿好衣服？是不是向很多女孩子搭訕呢……」

噢。對不起。啊，不過我當時可沒有花心喔。

在被下半身支配之前，魯迪烏斯大陸很和平。畢竟我沒有攻打毫無防備的希露菲國，就這樣維持了幾年的和平。從這幾年侵略希露菲國的頻率來看簡直難以想像。

「她的記憶，就在擔心你時染成了一片雪白，暫時中斷。」

是轉移事件。我目擊了那個瞬間。

但是，聽說幾乎所有人都不清楚出了什麼事，回過神來才發現遭到轉移。

「後來，她的記憶被封閉在漆黑的視野當中好一陣子。」

保羅是這樣，莉莉雅好像也是。

「……好一陣子嗎？」

「沒錯。她所經歷的時間就好比是睡覺時並沒作夢，睡了一段很長的時間。」

既然沒有記憶，表示她果然是因為轉移事件，就這樣被轉移到迷宮裡了嗎？這種機率應該很低才對……

不過，就算很低依然有可能。瞬間移動之後，也存在著跳進牆壁裡面的風險。

要是有好好設定轉移魔法陣的出入口，應該就不太可能發生隨機轉移……

但是那起轉移事件，真的是突如其來。

我記得，好像有說過是七星來到這個世界的餘波還是什麼的……

算了，過去的事情再追究也無濟於事。

要是人族別把轉移魔法陣視為禁忌，確實管理的話就好了。

這樣一來，應該就不會造成混亂，也能快速應對。

嗯。這點也向愛麗兒進言一下吧。只要提出有關轉移的研究報告，愛麗兒應該會設法做些什麼。

……奇怪？

可是，這樣一來，基斯是怎麼找到塞妮絲的？我記得那傢伙好像是說自己蒐集情報之後，發現塞妮絲在轉移迷宮的深處……奇怪？

「之後，她就開始作夢。」

神子的一句話把我從思考中拉回現實。

總之，之後再追問基斯吧。反正他現在不在場。

「作夢嗎？」

「是的。作夢。她開始以一種宛如變成布偶的感覺生活。」

「……布偶？」

「不過，是很幸福的夢。」

此時，神子閉上了眼睛。就像是看著映在眼瞼底下的圖畫般滔滔不絕地開始說道：

「是在陌生的家中，悠哉生活的夢。與莉莉雅一起曬曬太陽，整理庭院。」

此時，神子的語氣起了變化。

她開始用像是塞妮絲的語氣說話。

「雖然保羅過世了，但魯迪與希露菲結婚生了孩子。

不過他果然是那個人的兒子。魯迪真是的，居然也和洛琪希還有艾莉絲結婚，不斷地增加妻子，可是包含希露菲在內，大家看起來都很幸福。

諾倫雖然嘴上抱怨，但依然會好好地上學，每次照面也都會說聲：『媽媽，我出門了。』總是會和我好好打招呼。

愛夏跟我很合得來。她很喜歡花喔。有次我說喜歡蘋果和水仙，她就回說：『塞妮絲夫人也是？』

我說其實叫我媽媽也沒關係時，莉莉雅就露出了困擾表情。果然她也是希望能以媽媽的身分面對愛夏。

洛琪希在家附近的學校擔任教師。

聽說是非常受歡迎的教師呢，諾倫是這麼告訴我的。

那孩子因為是魔族，所以也有點年紀了……不過，因為魯迪非常喜歡洛琪希，所以年齡應該不成問題。

和艾莉絲雖然是初次見面，但我可以感受到她非常喜歡魯迪。

她趁誰都沒有看到的時候走到我面前。滿臉通紅地說：『小女子不才，請您多多指教。』我不由得笑了出來。我和她說這句話應該在魯迪面前說才行。在我面前不用那麼恭敬。

然後，艾莉絲她啊，就滿臉通紅地縮了起來。

明明平常是那麼勇猛，真的是很可愛呢。」

那是——這幾年來的記憶。

和我的記憶稍微有些出入。諾倫幾乎沒有向塞妮絲打過招呼。愛夏在從事園藝時，就算和塞妮絲說話她也不曾回答。

可是，說不定映在塞妮絲的眼裡……

大家都有回應，而她感覺自己也有在跟大家說話嗎？

「然後，是魯迪的孩子們。

露西是個懂事的孩子。明明年紀還那麼小，卻認為自己得當個好姊姊才行。

她會非常認真地聽希露菲說的話，而且還為了讓魯迪看到，每天都在練習魔術。

可是在我面前呢，偶爾會說些喪氣話。說自己沒辦法像媽媽她們做得那麼好，覺得很沮喪。我說不要緊，總有一天會辦得到的，就算沒辦法，只要再找其他辦得到的事情就好。然後，她就回說會再稍微努力一下。真的是好可愛呢。

莅莅與我非常親近。她出生不久之後就會說話。有什麼事都會叫我喔。就像奶奶～奶奶～這樣叫著……然後啊，雷歐就會過來找我說：『大夫人，不好了。不好了。莅莅大人尿床了。』

最近，她經常會爬到我的大腿上，我們和雷歐三個人一邊曬著太陽一邊聊天。像是在房子外面有什麼，或是爸爸的故鄉在哪裡之類。

亞爾斯非常喜歡胸部。和以前的魯迪一個樣。

每當被我抱著，他就會一臉很舒服地往胸部抱過來喔。

像我這種老奶奶的胸部也能接受呢。

看來好像遺傳到了保羅與魯迪不好的地方。

你要像魯迪那樣，讓女孩子哭泣是可以，但記得最後要好好讓人家幸福喔？」

回過神來，我的眼眶正熱得發燙。

淚珠已從眼眶撲簌簌地流下。露西不太會靠近塞妮絲，莅莅也不會說話。有一半以上，都是塞妮絲的妄想。是從那對空洞的眼神中，所看到的妄想。

塞妮絲所看到的世界，很溫柔。

「對了對了，說到魯迪，那孩子成為很厲害的人的屬下了喔。

龍神奧爾斯帝德。

聽說是那個『殺死魔神的三英雄』其中一人，龍神烏爾佩的遠門弟子。

他非～常強，而且長相非～常可怕，雖然大家都很怕他，但我卻不覺得可怕。

我認為，他其實很想和大家好好相處。

而且他特別關心魯迪。經常會來家裡看看狀況喔。

雖然我偶爾也會和他說話，但他好像平常就不太習慣和別人聊天。總是會變得語無倫次。

不過，他是個很溫柔的人喔。每當露西學習魔術遇到瓶頸，就會教她訣竅……雖然因為訣竅很難，露西其實不太能理解。

我跟他說可以抱抱看菈菈，他就會戰戰兢兢地抱起來，但是手的動作非常溫柔。

只不過，雷歐和亞爾斯似乎不是很喜歡他。

像前陣子，他還把亞爾斯弄到嚎啕大哭，看到艾莉絲一來，就像逃跑一樣回去了。

他就是這樣一個強悍且溫柔的人。雖然不清楚魯迪成為那個人的屬下後在做些什麼，但是我感到很引以為傲。

我想，保羅肯定也是這麼認為的。」

這段話到底哪部分是真的？奧爾斯帝德應該幾乎沒來過我家才對啊……

難不成是在我不知道的時候來訪的嗎？

「魯迪變得非常出色。

諾倫與愛夏也成年了，他和希露菲的第二個孩子也即將出生。

只是莉莉雅對此感到焦急，因為她認為自己必須照顧我，她真傻呢。

要照顧我還是照顧孩子們，當然是以照顧孩子們優先吧。

於是希露菲就交給莉莉雅照顧，而我要去母親身邊。

沒事的，不用那麼擔心，我以前也是冒險者呀。

和魯迪，和愛夏，還有魯迪的朋友克里夫一起……

呵呵，居然要和魯迪一起旅行，真令人興奮。」

塞妮絲的記憶，來到了最近這陣子。

「母親大人真的變成老婆婆了。

和以前完全不同。非但沒有責備我，還用快哭出來的表情，塞妮絲、塞妮絲地叫著我的名字。

擔心我有沒有哪裡受傷，有沒有生病，還讓我看醫生。

明明我看起來就是這麼有精神啊。

不過，真是愛操心呢。因為她幾乎每天都讓我看醫生。

以前那麼嚴厲的媽媽，居然會哭喪著臉，完全沒有責罵我。

而是每天都一臉擔憂地來看我。

對了對了，爸爸也來了喔。

爸爸真是的，居然還留了鬍子。

我問他以前明明不是這種風格，他竟然回答說是因為出人頭地了才留長的。

我說不適合之後，他就露出了苦笑。」

我不經意望去，發現克蕾雅正把臉埋在卡萊爾的胸前。而卡萊爾則是摸著自己的鬍鬚，眼角也泛著淚光。

「只不過，媽媽和魯迪的感情很不好呢。

因為魯迪很討厭被人趾高氣昂地說教，所以和媽媽吵了起來。

真希望能想個辦法讓他們言歸於好……當我這麼一想，果然不出所料，魯迪居然把媽媽逼

到走投無路。

在布耶納村和保羅吵架時也是這樣，魯迪在這種時候，真的是毫不留情呢……

我得好好幫他們調解才行！」

說到這裡，神子睜開了眼睛。

這樣就結束了嗎？

「呼。」

神子按住眉間，嘆了一口氣。

然後，像是累癱了那般坐在剛才坐的椅子上。

跟班們立刻就圍了上去。遞出不知何時準備好的蒸過的毛巾，以及倒有水的杯子，按摩她的肩膀及手臂。

待遇就好比什麼大人物。

「不好意思，就到這裡為止。還滿意嗎？」

神子看起來精疲力盡。

那個能力會讓她如此疲憊嗎？應該很累人吧。回溯塞妮絲的記憶，將那份記憶下載到自己的大腦。一瞬間將情景在腦裡循環，即興扮演塞妮絲。

既然如此大量的情報一瞬間流進腦裡，那肯定很累吧。

連我也想幫她揉個肩膀。

「是，非常謝謝妳。」

沒有得知塞妮絲的治療方法。

不過，明白了塞妮絲變成目前狀態之後的感受。

光是聽到這些，這次來米里斯就值得了。

「至少她現在感到很幸福。保羅先生過世的事情，她也很清楚。很理解現狀喔。」

她確實理解現狀。比想像中更加清楚。

雖說稍微殘留了一些夢境的感覺，也因為神子的語氣聽起來頗有童話故事的味道，但小孩的數量之類並沒有矛盾。

至於小孩的個性……只有菈菈有些不同。

不過，菈菈確實很親近塞妮絲。映在塞妮絲的眼裡，菈菈其實正在努力地傳達些什麼……也說不定。

「除此之外，還明白了一件事。」

「……？」

「她……雖然不知道到什麼程度，但是她能讀取別人的思考。」

讀取思考？

「因為處於這種狀態，應該不可能正確地讀出所有思考，讀不到的部分則是會自行補

充……」

此時，神子壓低音量。

她輕輕地向我招手，擺出要我把耳朵湊過去的手勢。跟班們立刻塞住耳朵，轉向後方。

我把耳朵貼近神子。

接著她輕聲說道：

「她是『神子』。」

我聽到這句話，緩緩點頭。

我打從一開始就知道。因為被附加詛咒的可能性很高。

而且我也很清楚，咒子與神子在本質上是相同的。

「要是被人知曉，勢必會再次引起騷動，所以我建議你隱瞞這件事。」

「當然。不過，我好歹也是奧爾斯帝德的屬下。會好好保護她的。」

「能這樣果斷表示，真是了不起。」

不過，因為這次害塞妮絲被人擄走，現在講這種話聽起來或許很假。但我會抱著這種心態去做。

不過，這次搞懂了兩件事。

第一點，是塞妮絲的能力。能讀取思考的能力。

儘管能讀取到什麼程度還不清楚，但至少不是跟死亡有直接關聯。畢竟讀取思考後也沒有表達的手段，危險性很小。代表以後可以放心了。

另一點，就是基斯。

那傢伙所說的話有些矛盾。

仔細想想，這次的事件當中，那傢伙的舉動也實在匪夷所思。

他分明知道拉托雷亞家是排斥魔族的派系，卻還主動接近，依言帶出塞妮絲。

得在今天問個水落石出才行。

「神子大人，能遇見妳真是太好了。得送禮報答妳才行呢。」

雖然沒有得知恢復記憶的方法，更正確來說是恢復神智的方法，但我認為狀態沒有想像中糟糕。

既然她有意識。既然她的感覺就像是在作夢。

說不定，她今後也有可能會突然清醒。

就算沒有清醒，既然現在就很幸福，或許維持現狀也未嘗不可。

「謝謝你。那麼我想要求兩個謝禮，可以嗎？」

「是什麼呢？」

「可以給我那個手環嗎？」

「手環？」

我看向自己的手臂。奧爾斯帝德的手環在眼前閃閃發光。

「是的。」

「……可是，這個手環沒辦法取下，其他的東西不行嗎？」

「不要緊。只要是能夠一眼就看出是奧爾斯帝德大人屬下的物品，什麼都行。」

可以知道是奧爾斯帝德屬下的物品。這樣一來，也就是說……

「神子大人，妳的意思是想加入奧爾斯帝德大人的麾下嗎？」

「是的。因為，我也不願意自己在三十歲之前死掉。」

「原來如此。」

這麼說來，我有聽說過她的命運很弱。再這樣下去，她將會面臨到死亡的命運。

雖說看起來不太健康，但也不像體弱多病，這樣看來恐怕是遭到暗殺。

從她的能力，以及米里斯教團的權謀術數來想，確實是不無可能。

不過，只要看到她受到奧爾斯帝德庇護，不管是因為這次事件而感到內疚的樞機卿，還是想拉攏我成為自己人的教皇，都將難以對她出手。

只是不代表一定不會出手。

唔嗯……那麼，就讓他們絕對不能這麼做吧。

「那麼，我這幾天會把證明準備好。」

「感激不盡！這樣就能活到五十歲了呢！」

這次多虧有她的幫忙。

日後就別只是送她附有龍神標誌的證明，也幫她召喚守護魔獸好了。

「另一個是？」

「麻煩你幫特蕾茲減刑。再這樣下去，她肯定會被降級調到邊疆地帶。」

「這個應該是無可奈何吧？」

畢竟她服從了命令，卻沒辦法順利達成。

「嗯，是沒錯。不過這次她輸給魯迪烏斯大人一事，也讓樞機卿猊下遭受沉痛的打擊。要是她被趕到邊疆，肯定會被殺的。我還是希望那個人當護衛。」

派不上用場自然沒有用處，樞機卿就算拿特蕾茲出氣也沒什麼好不可思議。

雖然最後和她演變成那種狀況……

即使這樣，我至今確實受她關照。既然她也只是遭到利用，只是聽從命令，要是因為這樣就被殺實在太不講理了。

「我明白了。」

「謝謝你。那麼請在請願書上簽名。」

一名跟班無縫接軌地拿了文件過來。真是準備周到。

「那麼魯迪烏斯大人，今後也要請你多多指教嘍。」

就這樣，神子成為了奧爾斯帝德的屬下。

「魯迪烏斯大人。」

後來，在接待室等待馬車時，克蕾雅向我搭話。

她仍然一副冷徹表情。與其說這是她平常的表情，應該說是緊張時的表情吧。

「儘管我認為這種話不該在這樣場合提起，應該等事情平息後再談，但由於您之後似乎還有預定，還是現在先談談吧。您方便嗎？」

我默默地點了頭。該不會是因為我娶了三名妻子的事情惹她生氣了吧？

如果是兩人還好說，但卻是三個人。對米里斯教而言肯定是不可原諒的吧。

「是有關我所鑄下的錯誤。」

「是。」

錯了。她好像要先講自己的事。

也對。閣下那樣的大禍，居然還想責怪我什麼的，仔細想想實在不可能。

她表情始終如一，然後說道：

「這次我打算要做的事情，並不是身為人所能允許的。」

「是這樣沒錯。」

雖說是為了塞妮絲，但是那種治療法根本沒道理。
要是真的做了，我也不可能在這種地方悠哉地聽她辯解。
「所以，還請處罰我。」
「處罰嗎……？」
「是的，處罰。從你身邊奪走塞妮絲，試圖犯下殘忍行徑，請給予這種人應有的處罰。」
「光是賠罪還不夠嗎？」
「這樣無法為人表率。犯了罪就理應受罰。」
我了解她想表達的意思。簡而言之，就是道歉有用的話就不需要警察的意思。
關於這次的事件，相關人士基本上都已受到懲處。
然而，克蕾雅卻沒有受罰。這種結果，克蕾雅自身肯定也無法釋懷。
「……妳認為什麼樣的處罰比較好？」
「要以鞭子或棍棒打我也行，要砍斷雙手也沒問題……甚至是索性殺了我也無所謂。」
我說……那樣也太矯枉過正了吧？
是要讓我冠上殺死外婆的汙名嗎？塞妮絲肯定會對我大發雷霆的。
「聽過方才塞妮絲的心聲，你應該很明白我的行為究竟有多麼獨善其身，自作主張了吧？我想把猶如嬰兒般親近我的女兒，狠狠地推落地獄。不需要同情，像我這種愚蠢之人，理應受到制裁的鐵鎚。」

她的拳頭不斷地在顫抖。

剛才那番話，她是這麼解釋的嗎？不過，在我聽來並不是這樣。

聽起來是更加不同的狀況。

塞妮絲原諒了。我想，她並不理解自己將會受到什麼樣的對待。可是，她感受到了克蕾雅的苦惱。有確實理解到她是為了自己才這麼做。所以當克蕾雅在那場審判當下，周圍連一個伙伴也沒有，打算自己扮黑臉的時候，就原諒了她。

因此，塞妮絲才會當場打了我和卡萊爾，卻沒有打克蕾雅。

這種說法有點太牽強附會了呢。

當我沒說。

算了，給克蕾雅處罰也是合情合理吧。

畢竟克蕾雅自身也不想被寬恕，而是希望接受處罰。在受到處罰之前，肯定怎麼勸也勸不動吧。

唔——是說，不就是這種頑固的一面才導致這次的事件發生嗎？

好。

「我明白了……那麼……」

「……」

克蕾雅以緊張神情看著這邊。抱歉，就讓我以利己方向給予懲罰吧。

「請妳改宗。」

「那是指與您加入相同宗教的意思嗎？要我信仰魔族？」

講錯了。不是改宗。要是讓她改信洛琪希教我也很困擾。

這種場合該怎麼講才好？算了，用詞怎樣根本不重要。

「不是，失禮了。是我講錯話。妳不必放棄米里斯教徒的身分。只要能捨棄排斥魔族的想法，我就感激不盡了。」

「是指整個拉托雷亞家嗎？」

「只要克蕾雅夫人一個人就行。畢竟我的妻子裡也有魔族，要是別人說她『骯髒』之類的我會不太舒服。還有，要是能認同我的宗教，也不過問我家的教育方針就再好不過了。」

「……」

「另外就是，從下次開始，要是妳因為那種事迷惘，請先跟我商量。我自認……擁有足夠力量解決大部分的事情。」

克蕾雅擺出了錯愕的表情，看著我。

但是，立刻點頭了。

「我明白了。」

克蕾雅的表情看起來不太能接受。

應該是搞不太清楚這算不算處罰吧。其實我自己也不是很懂。畢竟這只是提出自己的要求嘛。我所說的話就是懲罰。

不過，或許是因為她認為既然那是懲罰就得概括承受，所以再次點頭。

「今後，克蕾雅．拉托雷亞將會轉為迎合魔族的派系，不辭辛勞為此活動。而且信賴你，不會過問你的宗教以及教育方針，也不會讓他人干預。」

「那就麻煩妳了……不過，請別做得太過火，因為把想法強加在別人身上是種毒藥。」

「……當然。」

總而言之，只要這個外婆能變得稍微再圓滑一點，今後也不會因為我妻子與女兒們的事情而發生糾紛吧。不過雖然表現得很服從，但也有句話說好了傷疤忘了疼。

下次再見面……不過前提是要有機會，總之我可不希望到時又吵起來。

「我要說的就這些。」

「……感謝您的厚道。」

克蕾雅以嚴肅表情點頭。

真是笨拙的道歉方式呢，哎呀。

好啦，我們後來又回到了克里夫家。

雖然過幾天會去拉托雷亞家再打聲招呼，不過要先找基斯。我有許多事情必須問個清楚。

這次的事、上次的事。仔細想想，那傢伙從以前開始就很會挑時機。

關於這個部分，得叫他好好交待清楚才行。

「那麼，我去找一下基斯。」

我把愛夏與塞妮絲留在家裡，立刻出門尋找基斯。

「哥哥，先停一下！」

可是，愛夏卻阻止了我。

她以有些焦急的表情，遞出了手上的東西。

「這個！」

她的手上握著一封信。

以臘密封起來的信。正面寫著「給魯迪烏斯」。

「溫蒂說，在哥哥你們出發不久之後，基斯先生就來了，還留下了這個！」

我一語不發地收下。

在這個時間點留下一封信，令人有不好的預感。我馬上拆開信封，閱讀內容。

「給魯迪烏斯：

嗨，前輩。

前輩找完神子，回到這裡，現在正看著這封信，我想，這表示你大概已經知道發生了什麼

事吧。

應該知道了吧？你總不可能還沒猜到吧？

要是你還沒猜到，這封信就是我的失策了……算了。

現在，前輩想必有疑問吧。

就是我為什麼會知道，理應不可能發現的塞妮絲的下落。

為什麼，我會這麼碰巧，就把塞妮絲給帶出去？

再往前推，跟前輩見面時也是這樣。在德路迪亞族的村落，為什麼會偶然找到前輩……

為什麼？怎麼辦到的？

就算是S級冒險者的基斯大人，應該也有辦不到的事情才對，是吧？

我就告訴你吧。

一切都是人神大爺的指示。

我啊，是接受人神大爺的建議而行動的。

簡單來說，就是『人神的使徒』啦。意思就是我騙了前輩。

很驚訝嗎？

是覺得果然沒錯？

還是說，你在生氣？

肯定是在生氣吧。哈，那也是應該的。

不過啊，我從小就是聽著那位神明的聲音而活到了現在。在瀕死的時候，在危機的時候，只要聽從那個聲音就能保住小命。對於毫無戰力的我來說，那個聲音就是救贖。

前輩，你以前應該也是這樣吧？

從魔大陸回來時，人神大爺應該也幫了你才對。幫你和瑞傑路德大哥牽線，協助你得到魔眼，被關進牢房後放了你出來，甚至還讓你救了妹妹一命。

就連告訴你塞妮絲在哪裡的，也是人神大爺。

可是啊，前輩。

你背叛了人神大爺。

會這樣，我猜大概是出了什麼事吧？

畢竟人神大爺也並不是什麼善神。他給出建議，是為了利用我們，偶爾還會玩弄我們。搞不好就是這個行為，觸發了前輩的逆鱗。

可是，也不至於翻臉不認人吧。

因為就算被利用了，我們受到的恩義也還留得好好的啊。

不然可說不過去啊。

好歹，我在故鄉毀滅時是這麼想的。

人神大爺利用我，毀滅了我的故鄉。人神大爺笑得可開心了。說你其實被我利用啦。

那當然連我也會生氣啊。搞什麼啊你這混蛋，竟敢算計我，別開玩笑了。

不過啊，當時，人神大爺是這麼說的。

『因為我以前一直在幫你，這點程度應該沒關係吧？』

我想，那八成是為了煽動我才說的吧。藉著火上加油，讓他能笑得更開心才這麼說的。

可是我啊，那個時候就突——然給他想通了。

這麼說也對——這樣。

想到他以前救了我的恩情，這也是沒辦法的事。老實說，我是恨他沒錯，可是這樣才說得過去吧……我是這麼想的。

不過，前輩肯定不是這麼想的吧。

搞不好你現在也一邊讀著一邊心想『新人，這樣不對吧』。

只不過，就算對前輩來說不是這樣，對我來說就是這麼一回事。

以我的角度來看，前輩才是不知感恩。

你怎麼能恩將仇報呢。

所以抱歉啦前輩，我要加入這邊。

這次算是先探個狀況。為了測試前輩的實力而巧妙地讓你掉入陷阱，並與神殿騎士團正面衝突。

不過，你好像很輕易就克服了……不管怎麼樣，我已經知道這種技倆是解決不了前輩的。

可是，你把底牌全部亮出來可是個敗筆啊。

下次，我會集結能確實取勝的戰力，堂堂正正地從正面對你發出戰帖。

把脖子洗乾淨等著我吧。

我不恨前輩。在牢房的那段期間很開心，一起在聖劍大道旅行的事也教人難忘。

探索迷宮也是，很久沒有那麼讓人興奮了。這些都是真心話。

不過，也就僅止於此。我不恨你，但也沒有恩情。

雖然我恨人神大爺，但是還有許多恩情要報。就算恨他也要報恩。

這就是我的忌諱。

基斯．努卡迪亞上」

我立刻衝出家門，一邊跑一邊大喊：

「基斯！」

基斯是敵人。

不知道他怎麼做的，但魔導鎧也被看見了。他說會集結戰力。那傢伙……打算怎麼做？他說下次會正面對決。該相信好還是不相信好？沒必要知道。既然他要動手我就必須阻止他。

我得殺了基斯阻止他才行。

我一路狂奔，直接衝到了位在商業區的傭兵團分部。

立刻將這次的事件概要、人神的使徒是誰，還有信的內容寫成簡訊發給奧爾斯帝德。

我沒等回應就飛奔而出，繼續追趕基斯。

但是，我根本不知道他往哪邊移動。

我一個人找根本毫無效率可言。這樣一想，我立刻衝到教團本部，要求他們通緝基斯。接著再提出申請，要求動員神殿騎士團，麻煩他們尋找米里希昂及其周邊地區。

但是，那傢伙是人神的使徒。

知曉未來的男人。

基斯。毫無戰鬥能力卻當上了S級冒險者的男人。

不可能捉得到他。

第八話「被叛徒逃走了」

基斯．努卡迪亞。是名為努卡族的種族最後的倖存者。

不擅長的是戰鬥。擅長的是除此之外。

儘管不會使劍也用不了魔術，卻一直是現役冒險者，目前層級是S級。

這些，就是奧爾斯帝德所知道的基斯這名人物。

「……基斯目前為止，無論我採取什麼樣的行動，他的動向始終都沒有改變。因此，我一直以為他不是使徒。」

奧爾斯帝德。

他藉由自己的行動得知世界及世人會如何行動，從中找到使徒或是其他線索。有自身介入的歷史，沒有介入的歷史。知曉一切的他不管在哪次經歷的輪迴當中，據說基斯的行動始終如一。

作為冒險者而生，作為冒險者而死。無論周圍發生任何事情，也始終沒做出可疑舉動。

奧爾斯帝德擅長找出藏匿行蹤的人神使徒。

像基斯這種沒有強大戰鬥力，以蒐集情報與散播假情報為主的使徒，雖然很少但確實存在。他們表面上不會行動，卻在背地裡像影子般行動，在各種重要場合幫助其他使徒。絕對不會讓人領悟到使徒的身分。

而這麼做的使徒，奧爾斯帝德將他們全都殺了。

因為他能夠輪迴。只要輪迴個幾輪，要判別誰是使徒誰不是使徒根本易如反掌。

但是，唯獨基斯不同。

只有基斯並沒有特別可疑之處，據說也從來沒當過使徒。

不管做什麼，他都沒做出人神的使徒該有的行動。

即使是要被殺死的前一刻也一樣。

「但是，那傢伙在每一次輪迴中都是使徒，而且都隱瞞到了最後。」

在至今的輪迴當中，基斯從來沒有「自稱」是使徒。

據說奧爾斯帝德也曾懷疑過，並殺死他。只是就算是死到臨頭，就算差點被殺，基斯到最後也都沒有說溜嘴。

「而我卻誤以為這和歷史相同……難怪贏不了……」

光用文章交流，就可以感受到奧爾斯帝德正在沮喪。

他到目前為止，從來沒察覺基斯是使徒的可能性。站在人神的角度來看，肯定是笑得合不攏嘴吧。

那傢伙，居然還～沒有看穿基斯啊，嘻嘻嘻嘻，這樣。

算了，他起初可能也不認為基斯是個重要的棋子吧。

「不過，幹得好。」

但是，很難想像會有好幾個那樣的使徒。畢竟奧爾斯帝德經歷過輪迴，而人神並沒有輪迴。

而且意外的是，使徒其實都是照自己的想法行動。所以就算想製造類似的使徒，想來也不會那麼順利。

「那傢伙是人神的王牌。沒有下次了。」

因此，基斯是人神的王牌，最後的堡壘——這個可能性十分高。

人神所隱藏的最後使徒。那就是基斯……說是這樣說，但不太有那種感覺。

奧爾斯帝德認為這樣就贏定了。

也對。他還有輪迴可用。萬一這次輸了，下次再殺死基斯就好。

這樣一來，就又朝勝利邁進了一步。

但是，奧爾斯帝德敗北後前往下次輪迴，就等同於是我的敗北。

「我想在這次的輪迴取勝。」

不安情緒上湧，寫下這句話送出後，收到了「意思是，那傢伙沒有下一招了」這段文章。

看起來很像在找藉口，讓我笑了一下。

★ ★ ★

發現基斯是使徒後過了一個月。

我在那之後持續搜索基斯。調派騎士團，找遍了整個米里斯大陸。不管是米里斯教團還是拉托雷亞家，也都積極地協助此事，儘管搜索範圍還在擴大，但恐怕已經被他逃掉了吧。

當然，不只是米里斯。

我立刻聯絡了德路迪亞族，在大森林也發布通緝。

也通報了愛麗兒，麻煩她在阿斯拉王國也發布通緝。

還拜託洛琪希，替我向拉諾亞王國提出申請。

只不過，感覺就算做了這麼多也依然捉不到他。

中央大陸南部、中央大陸北部的東方、貝卡利特大陸、魔大陸以及天大陸。

世界很大，有許多我所無法觸及的地方。

況且也不知道他是往哪逃。

是北方，還是西方？至少如果我與王龍王國有來往，就可以斷定他是逃往魔大陸方向……

在國王死後，有許多事情都亂成一團的王龍王國。

魔族在此並不稀罕的寬廣魔大陸。

如果基斯是用了我所不知的轉移魔法陣移動，也有可能兩邊都不是。

放基斯縱虎歸山只讓我有不好的預感。

老實說，我是希望能在這個時間點捉住他。

領悟到沒辦法的當下，我就開始考慮該如何自衛。

基斯在信上寫說，下次會堂堂正正地從正面對決。這句話實在不能相信。那可是老是撒謊及狡辯的基斯所說的。怎麼能信。

平常的話我會這樣想，可是……

仔細想想，基斯這次應該能輕易殺死我才對。畢竟我很信任那傢伙，也曾毫無防備地露出背後。

但是，那傢伙並沒有出手。頂多只是以計謀設下圈套陷害我。

突破他的圈套之後也是。

基斯應該有辦法綁架愛夏才對。雖說也有可能是因為愛夏的劍術與魔術都有一般人的水準，他判斷沒辦法得逞，但即使如此，應該還是有機會，但卻沒這麼做。

那麼，我應該可以相信那封信的內容吧。

雖說是人神的指示，但至少會正面對決，或許這就是基斯的做法。

要殺某人的時候，若是不好好選擇手段就會失敗。這是某種忌諱。

不過，也有可能是讓我這麼想，實際上正好相反。基斯會躲在克里夫家的櫃子之類，趁我睡著之後再用塗毒小刀刺殺我。

說不定目的是讓我陷入像這樣的思考迷宮，而因此忽略了某些事。

……像這樣東想西想也於事無補。

總之，沒遭到襲擊，基斯也沒有事先集結好戰力。

如今，他想必正在某處集結能戰勝我的戰力。

雖然想這樣認為，但不知道他何時會襲來的心情仍無法抹去。

我好害怕。

★
★
★

好啦，在我尋找基斯的這段期間，愛夏順利地成立了傭兵團分部。

選定分部長、招募團員、設定工作的方向性。本來應該是要和我一邊討論一邊進行，但愛夏全都打理好了。

雖然一部分也得歸功於拉托雷亞家願意幫忙照顧塞妮絲，但效率實在是好到不行。

而如此能幹的愛夏似乎還特地為我著想。

基斯失蹤之後過了一個月左右，她將艾莉絲叫來了米里斯神聖國。

她通過轉移魔法陣，為了保護我而來。

她全副武裝。不是平常打扮，而是身穿劍王大衣，並佩戴兩把劍。

用這任誰一看都能明白是知名劍士的打扮，瀟灑地登場。

「既然我來了就不要緊了！我會把所有人砍成兩半！」

艾莉絲像是為了讓我打起精神般這樣說道。

「基斯也很笨！居然違抗魯迪烏斯！明明每次都說什麼敵不過前輩，敵不過前輩的！」

看到精力旺盛撂下很話的艾莉絲，我也不再那麼恐懼。至少就算在這幾天發生戰鬥，應該也不會被殺。

我不由得這麼認為。

「艾莉絲……」

安心之後的我，抱緊艾莉絲。順勢開始揉起胸部，差點被打死。

在逐漸遠去的意識當中，我領悟到了。

原來，這才是基斯的策略。

—FIN—

……先不開玩笑了。

既然冷靜了下來，就來整理現狀吧。

總之，以狀況來看，如果要相信「基斯會集結戰力，從正面對決」這件事，我今後的行動有三個。

一、搜索基斯

二、強化魔導鎧（我自身）

三、挖角抗衡的戰力

列出項目一看，才發現和以前所做的沒什麼兩樣。

只不過是放眼於八十年後的戰力，改為著眼在幾年之後。

只不過基斯也並非普通角色。雖說會堂堂正正地正面對決，但不清楚會以什麼形式出現。是靠數量決勝負，還是以品質決勝負？

奧爾斯帝德說過，假如我搭乘「一式」，能贏過我的人屈指可數。

但是我前幾天才剛領教過何謂數量的暴力。要是有十幾個列強等級的人才，又能打出像神殿騎士團那種戰法……若是他能準備到這種地步，要贏過我想必是易如反掌。

不過，要集結那樣的人才應該得花上不少時間。

而且，數量也不會那麼多。

一年，或是兩年。我想最起碼需要花上這麼久的時間。

但是若成功集結，我應該會輸。被那種花上好幾年時間準備周到的陷阱擒住，沒有不輸的道理。就連神殿騎士團都那麼驍勇善戰。我不認為人神的使徒會在他們之下。

所以，我打算在事前阻止。

要去周遊世界各國，率先拉攏為同伴。

如果他們已經投靠敵方，再各自擊破就行。

也就是說，在接下來的工作，要預想成每次行動都會有敵人妨礙。至少基斯很可能在的地方，王龍王國與魔大陸應該是免不了。

尤其是魔大陸感覺機率很高。畢竟像阿托菲之類，若是聽到要打倒我好像會很欣喜地助他一臂之力。

魔大陸雖然預定是最後進行，但看樣子必須趁早行動。

不過以優先順序來說，還是以王龍王國優先吧。

在那裡有死神藍道夫。他戰勝了身穿「二式改」的我。

是很可靠的棋子。希望能搶先一步攔截。

方向性就以這種感覺定好了。

雖說傭兵團還沒有上軌道，但是有拉托雷亞家與教團的後援。只要能從兩大人物手中分到工作，也不至於撐不下去。

在米里斯已經完成最基本的工作了。

先回本部夏利亞吧。

在那裡，重新與奧爾斯帝德研擬今後的行動。

不過在那之前，得先到每個地方打聲招呼道別。

我前往拉托雷亞家，介紹艾莉絲的同時，告知他們要返家一事。

「這樣啊。」

克蕾雅即使看到禮儀不太像樣的艾莉絲也沒有皺起眉頭。

應該是在遵守我說的話吧。只不過，她擺出了很遺憾的表情。

「當然也會把塞妮絲帶回去吧。」

「是的，我會負起責任照顧母親。」

「我明白了。」

塞妮絲在那之後的一個月，由拉托雷亞家代替忙碌的我與愛夏幫忙照顧。或許是因為她很懷念拉托雷亞家，據說經常到處走動。

偶爾會在宅邸內走走，或是到庭園晃晃。

心血來潮時，甚至還會出外散步。

儘管還是老樣子一直發呆，但她很享受久違的故鄉，這點顯而易見。

看到那樣的她，據說拉托雷亞家的紳士淑女都露出了傷心表情。

長子艾德嘉，還有長女亞妮絲……因為基斯的關係，也沒辦法跟他們打聲招呼。

但是，姑且還是請人代為轉達「下次再來一定會去打聲招呼」。

「沒能在最後看到諾倫，實在是很遺憾。」

「還會再來的。下次會帶著諾倫，還有我的孩子一起。至於愛夏……可能不會來吧。」

到頭來，愛夏與克蕾雅的關係依然沒有改善。

雖說克蕾雅不會對我家的方針挑三揀四，然而一旦曾經對某人反感，那種感覺就很難抹去。

不過，克蕾雅她好像認為自己基本上是為了愛夏才會說出那些話。

既然是小妾的孩子，就得有小妾孩子的樣子，協助正室的孩子。

既然是格雷拉特家的正統女兒，就該有淑女的樣子。

既然是格雷拉特家的女僕，就該為主人盡心盡力。

似乎是要她的行為有著一貫性，才會苦口婆心叮囑。

不過，愛夏擁有所有的立場，不能以其中一個定論。

看到她處於這種不上不下的立場，以克蕾雅的角度來說似乎有許多事情想跟她說清楚，所以就算與我約定之後，看待愛夏的眼神依然很嚴格。

「雖然不打算說長道短，但我很擔心她的將來。」

「咦？不會，我想她沒問題的。」

愛夏聰明過頭，而且很優秀。我認為應該不用那麼擔心。

「是這樣嗎……我不禁會覺得，那孩子將來似乎會鑄下無可挽回的錯誤。」

「不會有什麼無可挽回的錯誤，就算真的發生了，我也會幫她的。她身邊不僅有我，還有希露菲與洛琪希。根據狀況，艾莉絲也會成為她可靠的援軍。」

「……既然您這麼說了，那我也不會再多說什麼。」

克蕾雅的表情看起來好像還有什麼話想說。

不過，既然她是擔心愛夏那也沒關係。反正只是擔心，就讓她自由去想吧。

「請期待下次見面的時候。我想愛夏肯定也會有些改變，不過或許會與克蕾雅夫人的期望有很大的不同。」

雖然經歷一波三折……但克蕾雅也不是壞人。或許是很討人厭，但並不壞。

如果是要讓她看看妻子與小孩，並沒有任何問題。

下次，應該真的會只是來打聲招呼。

照個面說「我們過得很好」，然後一起進餐，分享彼此近況，最後笑著說再見。

「不，以我的年齡來說，恐怕這次將會是今生永別吧。」

今生永別。

她的年齡已過六十。雖然不知道這個世界的平均壽命，但是她還很硬朗。

可是，來回夏利亞的距離要花上四年左右。

距離上並不算近。況且也不可能去了就馬上回來，下次見面，會輕易超過十年之後。

到時候，克蕾雅已經七十歲以上。就算有什麼狀況也很正常的年紀。

她是這麼想的吧。

實際上，我家可以使用轉移魔法陣，不需要花上那麼多時間。

雖然也可以把轉移魔法陣的事情告訴她，但要是逢人就說「我們經常使用轉移魔法陣」，到時不知道會承受來自何方的壓力，所以別說才是明智之舉。畢竟在這個世界上，姑且是被視為禁忌的存在。

只不過不管是阿斯拉王國、王龍王國，恐怕連米里斯王家，也都有為了以防萬一而在使用才對。

可是，連世界三大國家的他們都瞞著嘛。

「魯迪烏斯大人。您願意帶塞妮絲回來，真的是非常感激。」

克蕾雅這樣說完，低下了頭。

她前幾天，好像還帶著塞妮絲一起搭著馬車，去看了戲劇之類。

雖然克蕾雅一直是板著一張臉，但據幫傭所說，已經很久沒有看到大夫人這麼開心了。

「近期，我還會再來一趟。」

回過神來，這句話已脫口而出。

「可是……」

「一定會來的。」

我丹田使勁，堅定地這麼說道。然後，克蕾雅的表情突然鬆懈。

「塞妮絲她，真的有個好兒子呢。」

克蕾雅最後這樣說著，笑了。

我也去神子那邊道別了。

送了她兩個伴手禮。

是與我手環的裝飾非常相像的手環，以及奧爾斯帝德送來的，召喚魔獸用的捲軸。

這副手環，是愛夏委託米里斯的工匠，在這一個月期間製作而成。

原本應該要鑲有寶石的臺座，嵌著一塊石頭。

這是我用土魔術所作，帶有黑色光澤的石頭，上面刻有龍神的徽章。

不管任誰看到，都會明白這是龍神屬下的證明。

我帶著這些東西找神子出來，然後那群跟班也出來了。在裡面也看到了特蕾茲的身影。

她免於遭到調職。似乎是以我的名義寫下的請願書發揮了效果。

但雖然不用被調職，相對的好像被降級了，她已經不是隊長。目前在新派遣來的隊長底下，擔任副隊長的位置。

順便說一下，新隊長並不是很圓滑的人。

姑且不論手環，他說在教團內使用詭異的召喚魔術根本是豈有此理，嚴正拒絕此事。

不過，倒是被我說：「此物乃是龍神奧爾斯帝德大人，贈與保護部下魯迪烏斯的神子之物！區區一介隊長沒有拒絕權限！」，用這種感覺硬是讓他接受了……

這個隊長先生將來肯定沒辦法出人頭地啊。

從捲軸裡出來的，是銀色的貓頭鷹。

體長大約一公尺。與雷歐相比是小了點，但依舊充滿了存在感，金色的眼瞳有股神聖的氣

息。

沒有出現佩爾基烏斯的精靈系列。畢竟那可是UR級別，想來沒那麼輕易出現。這次算是神子專用的，包裝也不同嘛。

不管怎麼樣，幸好出現了像聖獸的。

要是出現閃著黑色光芒的巨大蜘蛛，或許就沒有辦法強壓隊長的反對。

「我會珍惜的！」

神子看到貓頭鷹後眼神閃閃發光。

當她伸手撫摸，貓頭鷹便一臉舒服地眯起眼睛。對於召喚之後立刻就很親近自己的動物，神子似乎十分中意。

「不，請妳被牠好好珍惜。」

又不是寵物，希望她能老實受神獸保護。

「那麼，來日再見。」

「是，魯迪烏斯大人，也請你多多保重。」

最後，我也對著特蕾茲，以及她麾下的「聖墳守護者」低頭致意。

想必還有機會再見到他們吧。

最後，是克里夫。

說到克里夫，他的起步似乎也很順利。

由於日前那件事，克里夫的名字已經在教皇派、樞機卿派兩方人馬間廣為周知。

「克里夫・格利摩爾駁倒了『龍神的左右手』魯迪烏斯，救出了神子大人。」

「在教皇、樞機卿的爭執中高揭正義，貫徹正道。」

「真是米里斯教徒的模範。了不起的男人。」

煞有其事地傳出了這類謠言。

有趣的是謠言的出處。就我所聽到的，似乎是神殿騎士團的大隊長、聖堂騎士團的副團長階層的人物所傳出。

因此基層的騎士與神父們將其視為可信度很高的情報，認為教皇好像得到了什麼了不起的親信。

然後，就像是要助長那個傳言，克里夫自身實際上好像也被委派了工作。

所謂工作，是達官顯要的婚喪喜慶一類。

就算有政爭，和尚的職責依舊始終如一。而且再怎麼說，克里夫也在夏利亞累積了不少實務經驗。雖說是新人卻很能幹，在現場也被視為相當優秀的人才。

雖然好像也有人對這樣的他退避三舍……

算了，那也是無可奈何。突然來了個優秀的傢伙，而且還是教皇的孫子。

即使有人因此燃起嫉妒之火也很正常。

至於要怎麼應付這種狀況，就是克里夫的責任了。

不過，不須太過擔心。

如果是現在的克里夫。如果是那個克里夫。

不管被做了什麼，勢必都能漂亮地克服難關吧。

只不過，有件事令我掛心。

「那麼，克里夫學長。我先回去一趟了。」

「嗯……麗潔就拜託你了。」

「那是當然。我會幫你說叫她別偷吃的。」

克里夫好像還沒有跟任何人坦承過自己已經結婚的事實。雖說他好像公開表示過自己有心意已決的對象……真不像克里夫。

不過與艾莉娜麗潔結婚一事很難公開，這點我也不是不能理解。

這一帶的冒險者之中，也流傳著艾莉娜麗潔 The Bitch 的傳聞。

尤其是現在作為老手活躍的那群人當中，也有人是被她奪走第一次。

和那種對象結婚……這種事現在還是先別說才好。

等到成為多少被人從背後指指點點也不要緊的大人物後再公開，這種形式也不壞。

總有一天會的。他也不可能打算到死都隱瞞這件事。

不過，今後或許會有相親那類話題找上門吧。

溫蒂也是，身為幫傭的她，雖說到了晚上就會返家，但年輕的男女處在同一個屋簷下……

不，沒問題的。

那可是克里夫啊。又不是我。那麼高高在上對我說教的人，怎麼可能會拈花惹草。

又不是我！

……像這樣再三強調反而像是在豎旗啊。

真的，請你好好加油啊，克里夫學長。

「克里夫學長也是，還請千萬別拈花惹草。米里斯大人在看著喔。」

「我才不可能那麼做。況且，暫時也沒有那種時間。」

克里夫最近似乎很忙。工作很順利，而且也開始被人認定是教皇的左右手。也有認為他相當有實力，而接近克里夫的貴族。

「是真的嗎？畢竟前輩最近可受歡迎呢。說不定會不小心溫蒂推倒之類的。」

「溫蒂就像是妹妹一樣。又不是你，我怎麼可能會出手。」

就算是我也不會對妹妹出手啦！

很失禮耶！

當我裝出落寞表情之後，克里夫頓時沉下視線。

「不過話又說回來……其實，我原本是真的打算只靠自己的力量。」

我笑著回答。

「若這不算是克里夫學長的力量，那到底是什麼呢？」

「哈哈。」

我自認說了句帥氣的話，卻被鼻音哼笑一聲。確實，克里夫帶來的我引起了問題，而解決的人是克里夫。

有點像是自導自演的感覺。

不過，克里夫在事情當下做出了有自己風格的行動，而因此得到了認同。

果然還是他自己的力量。

「……不管怎麼樣，我先道個謝吧。多虧了你，我才稍微得到了認同。」

「彼此彼此，我能認識米里斯的各位也都要歸功於你。而且傭兵團那邊也設置好了。」

要販賣瑞傑路德人偶……應該還稍微有些困難。

只要按照現狀發展下去應該是可以賣，但會買的人似乎很少。

傭兵團那邊也還沒穩定下來，所以問題好像也很多……沒差，要是出了問題，就用他們來當作克里夫出人頭地的墊腳石吧。

「接下來，我會一個人努力的。」

「嗯，請你加油。」

儘管與預定稍有不同，但算是完成了與艾莉娜麗潔之間的約定吧。

克里夫已經不要緊了。

雖然不清楚他會以什麼形式來接觸其他神父，不過，說起步非常漂亮也不算言過其實。

這次真的要交給克里夫了。教皇派與樞機卿派的戰鬥想必還會持續下去。我希望克里夫能在那之中以自己的方式努力，拿出成果。

不過就算不行，也只是回來當我們社員而已。

希望他能放輕鬆去做。

「這一個月來我沒幫上什麼忙，抱歉啊……」

「不會，請別放在心上。」

我有我的戰鬥，克里夫也有克里夫的戰鬥。

「不過，萬一人神的爪牙對你做了什麼，請立刻用石板傳訊息通知。我會火速趕來的。」

「當然。」

克里夫強而有力地點頭。雖說不用幫忙，他依舊是伙伴。

可是，他也並不是非得要我庇護那般弱小。

「那麼，克里夫學長……請多保重……」

「嗯，你也多保重啊。」

「話是這麼說，不過我大概一年後就會再來露個臉也說不定。」

「到時，我就已經站到了可以堂堂正正介紹麗潔的地位嘍。」

沒錯沒錯，畢竟還有艾莉娜麗潔的詛咒。所以我們不會分開太久。

「……還有，到時候也會讓你不再以前輩稱呼我了。」

「呃，那已經是口頭禪了，我想一輩子都改不了喔。」

這樣說完，克里夫聳了聳肩露出苦笑。

就這樣，在米里斯的戰鬥結束了。

與拉托雷亞家的衝突，米里斯教團內部的抗爭。以及基斯的背叛……

雖說發生了許多事，但拜此所賜讓我又決定了一個目標。

下一個敵人……是基斯。

閒話「狂劍王與神子」

魯迪烏斯與克里夫正在告別的時候，兩名人物順利重逢了。

場所是教團本部，一到春天就會繽紛綻放著各式各樣花朵，風光明媚的春之庭園。

雖說因為前幾天魯迪烏斯的泥沼影響，有許多樹木都稍微傾斜，但即使如此生命力也是絲毫未減。證據就是，像是要和姻花樹接棒那般，巴爾塔樹已開始開花。

在那棵樹的前面，有兩名女性正面對面站著。

金髮與紅髮。

雙方都有一對豐滿的胸部，身高以女性來說也算高挑。

腰間同樣佩劍，其中一方身穿藍色的鎧甲。

特蕾茲，以及艾莉絲。

然後像是躲在特蕾茲的背後那般，神子就站在那裡。

她忸怩地蹭著膝蓋，整個人畏畏縮縮。

另外在其周圍，有好幾名身穿藍色鎧甲的男人，但他們頂多只是背景。

「來，神子大人。是艾莉絲大人喔。魯迪烏斯為您騰出了這段時間呢。」

特蕾茲以溫柔聲音向站在自己身後的神子搭話。

然而，神子只是忸忸怩怩地縮著身子。

「可……可是……那個，是艾莉絲大人耶？」

在她心中，艾莉絲是自己憧憬的存在。

自懂事起就被關在白色房間，每當有事發生才會被帶到外頭，讓她去看被逼到絕境的大人骯髒的記憶。

在不存在任何自由的世界當中，她不抱任何希望地活著。

即使在移動途中落入陷阱、遭刺客團團包圍、面臨生命垂危之際，她也並沒有特別覺得恐怖，也沒有畏懼死亡。只是接受了自己的命運。

此時出現的，就是艾莉絲。

第一眼看到的感想是「孤高的野獸」。

神子看不出艾莉絲會怎麼行動。

只是殘留在記憶中。她的動作很直接，卻任誰也抓不到她，唯獨紅色頭髮彷彿殘像般深深烙印在腦裡。

印象深刻。

孩子沒事就好，艾莉絲如此說道。

知道孩子指的是自己，是在回到教團本部之後；而知道自己被救了一命，是在那個時候。

然後神子回想狀況。

由於看到了眼睛，知道名字為何。

艾莉絲。

沒錯，她叫艾莉絲。艾莉絲·伯雷亞斯·格雷拉特。

說出口後反覆回味的同時，她對自己記憶中的艾莉絲抱起了強烈的憧憬。

從那以來，神子就開始模仿她。

每當注意到什麼就會提高音量表達感動，每當決定了什麼總是會用開朗且充滿精神的大嗓門清楚宣言。還會把飯盛得滿滿的。

拜此所賜，身為神子護衛的「聖墳守護者」成員，都願意溫柔地對待自己。

結果，導致神子對艾莉絲的憧憬愈發強烈。

自從模仿艾莉絲的行為舉止之後，不知經過了多久時間。

當自己理想中的行為舉止，無須努力也能自然而然地表現出來的時候。

她遇見了魯迪烏斯。

重新確認到艾莉絲的存在。

神子並不認為自己還有機會再見到艾莉絲。儘管很想見面，但她始終沒有親口說出這個要求。

因為她也很理解，自己並沒有那樣的權限。

但是，艾莉絲來到了米里希昂，聽說這件事時，神子再也忍俊不住。

她向樞機卿、向教皇，到每個地方拚命拜託。

她說，想和劍王艾莉絲見面。

狂劍王雖然是名危險人物，但就算如此也想見上一面。

想要跟她說一聲感謝。

這個渺小的心願，輕易就傳達到了。

由於魯迪烏斯掛保證說：「萬一出事由我負責。」，讓危險至極的狂劍王艾莉絲與神子碰面的這個嘗試得以實現，

可是，真的到了眼前，卻又不知道該說什麼才好。

她認為觀看記憶會很失禮，所以連眼神也不肯對上。

「……」

艾莉絲在神子眼前環著雙臂。

她已經報上姓名。已經宣稱自己是魯迪烏斯的妻子，劍王之一。

接著，特蕾茲報上名號，並對以前的事道謝之後，過了約五分鐘。

「來，我們沒多少時間喔。」

艾莉絲很端正地站著。

對性急的她來說實在罕見，但這次是因為魯迪烏斯有耳提面命叮囑過她。

「因為對方這次幫了我不少忙。妳可別失禮喔……或許她會以有些盛氣凌人的語氣跟妳說話，但絕不可以揍人喔。」

要遵守約定。

不過，也差不多開始感到厭煩了。

因為她討厭等待。

「可以快點嗎？」

「是……是的！」

聽到簡短的一句，神子猛然跳了出來。

惹怒艾莉絲的不安感，戰勝了羞恥心。

「那個，我是神子！以前妳曾救我一命，真的很謝謝妳！」
「以前……？我不記得了！」
「咦？」
看到以大嗓門明白斷言的艾莉絲，神子反射性地看了她的眼睛。
「……啊。」
然後，看到她的記憶當中，完全找不到自己的蹤影時，露出了悲傷的表情。
這也無可厚非。
神子早就知道。她根本不可能記得。
可是說不定……直到剛才也有這麼想過。
說不定，艾莉絲也還記得一點點當時的內容。
噢，是那個時候的，妳長大了呢，說不定她會願意這麼說。
神子也曾經這麼想過。畢竟自己是這麼地嚮往她的存在。
然而，艾莉絲就算看到自己的臉，即使聽到了以前兩字，也絲毫沒有印象。
或許，只要再多花一點時間讀取，就會發現殘留在記憶的角落當中……
但聽到以前兩字，浮現在她腦裡的只有特蕾茲把魯迪烏斯抱在大腿上來回撫摸的記憶。
神子是「記憶的神子」。她認為所謂的記憶就是會被遺忘的存在。
但是，依然對她造成了打擊。

「不過，妳救了魯迪烏斯對吧！感謝妳！」

雙臂環胸，身材高挑的艾莉絲發出痛快的聲音。

聽到宛如要吹散她所受打擊的高亢聲音，神子就像是要把思考甩開那般搖了搖頭。

「不會……幫助艾莉絲大人的丈夫，是理所當然的。」

就算沒有之前的記憶，自己的憧憬與感謝依舊不變。

對已經想通的神子，艾莉絲像是要趁勝追擊似的繼續追問：

「所以，妳的名字叫什麼？因為魯迪烏斯說今後也會受妳關照，我要先記起來！」

「咦？」

名字。

自己沒有名字。

神子到目前為止，從未對這件事感到不自由。

但是，現在，明明艾莉絲願意記住自己的名字，卻沒有那種東西。

沒有那重要的東西。這甚至讓她覺得，自己好像喪失了非常重要的事物。

「呃……那個……」

「神子就是指那個吧，和札諾巴一樣的……所以，那不是名字對吧？」

聽到札諾巴這個詞，神子再次注視艾莉絲的眼眸。

看樣子，其他國家的神子是有名字的。雖然對於那個神子，艾莉絲本身並不怎麼感興趣，所以只知道名字而已。
不過，果然還是會稍稍受到打擊。
「妳這傢伙！」
「神子大人就是神子大人！」
「妳在愚弄她嗎！」
「根本不需要名字！」
「妳心中有神嗎！」
但是，多虧背景吵吵嚷嚷，讓她稍微冷靜了些。
既然至今都不曾感到不自由，沒有的東西也無可奈何。她不禁這麼想。
「抱歉。我沒有名字。」
「哦……這樣啊。」
艾莉絲並不在意。
她在想些什麼，沒有看著眼睛的神子是不會知道的。不過，假如她看了，便能知道艾莉絲捨棄「伯雷亞斯」這個名字的經過了吧。
就會了解到，她真的認為名字什麼的根本無所謂。
「算了，其實也不需要名字。」
艾莉絲狠狠哼了一聲，這樣做出結論。

神子姑且鬆了口氣。

在目前為止的人生當中，還是第一次如此迷惘到底該不該看對方的眼睛。

「不過話說回來，真令人驚訝。因為我之前聽說您並沒有拜訪米里斯。」

「因為我聽說魯迪烏斯又在害怕，所以才來的……那個，匆忙趕來的！」

轉移魔法陣的事情必須保密。

這點艾莉絲也心知肚明。

不過，由於神子已經知道轉移魔法陣的存在，所以嘻嘻地笑了。

「原來是這樣，真不愧是艾莉絲大人！」

「哼哼，那當然。」

艾莉絲的心情好轉，現場的氣氛也變得和樂許多。

注意到這點的神子決定朝這個方向攀談。她打算誇獎艾莉絲，讓現場的氣氛變得更加融洽。

如果是平常的神子絕對不會考慮這種事。

「那個，我一直很憧憬艾莉絲大人！」

「是……是嗎？」

「是的，要怎樣做才能變得像艾莉絲大人一樣呢！」

此時，艾莉絲低頭看著神子。

看著她豐滿的臉頰、肥胖的手臂、雙腿。整體看起來不夠緊實，很不健康的身體。

「想變成像我這樣？」

「是的！我也想變得像艾莉絲大人一樣帥氣，像是用字遣詞之類也是……咦？」

回過神來。

回過神來，艾莉絲已經拔劍。

在場能反應過來的，有兩人。是在神殿騎士團當中劍術也特別出眾的兩人。

這兩個人，在察覺的同時也感到了絕望。

艾莉絲已經出劍了。

儘管完全看不清劍閃，但是，卻讓人意會到似乎砍中了什麼東西的感覺。

被砍了。

誰？

答案顯而易見。

「妳這傢伙！」

「竟敢──！」

啪一聲落地的，是神子的手掌────大約神子手掌一半粗細的巴爾塔樹樹枝。

「……」

「…………」

看到那個，神殿騎士們一臉什麼事都沒發生似的變回了背景。

艾莉絲撿起那個，把礙事的小樹枝三兩下拆掉。

神子則看著艾莉絲不知何時拔出來的劍，一邊想著，真是好出色的劍啊，神殿騎士裡面也沒人擁有那樣的劍呢，同時一臉恍惚地看著艾莉絲的動作。

不久，小樹枝全都處理完畢，變成了一根長約一百公分的棒子。

「來。」

然後，艾莉絲將那個交給了神子。

「……？」

神子楞楞地收下，艾莉絲接著以側身對著她。

然後，將原本單手持劍的方式改為雙手握劍，將劍高舉過頭擺出上段架式——用力揮下。

咻的一聲，打破寂靜的破邪之音殘留在耳邊。

「妳試試看。」

「……咦？啊，是。」

神子也模仿艾莉絲，將木棒高舉過頭。

然後，輕輕地喊了聲：「嘿呀。」，揮了下來。

但是，木棒有一百公分。

並沒有經過乾燥加工，略粗，重量也有一定程度，加上她重心也很奇怪，神子以步履蹣跚的腳步搖搖晃晃地往前方失去平衡。

看到這幕景象，背景「啊啊！」大叫，不過先別管他們。

「那個，我沒辦法像艾莉絲大人那樣——」

「腰再蹲低一點，手肘力量放鬆，要意識到以背部動作。再一次。」

「啊……是！」

後來，神子就在不明不白的狀況下，持續揮著木棒。

每當神子揮下木棒，艾莉絲就會提出建議。

「……」

「……揮的時候要喊出聲音，一、二、一、二！」

「一、二、一、二！」

神殿騎士們並沒有制止眼前的光景。

雖然摸不著頭緒，但他們認為艾莉絲並沒有加害神子的意思，因此也不打算出面制止。

雖然有一部分是因為神子揮舞木棒的樣子很可愛。

唯獨隊長想上前制止，但卻被其他跟班給架住了，不過反正這只是在背景發生的事。

「呼……呼……艾莉絲大人……」

當空揮的次數超過三十次左右，神子發出顫抖的聲音。

「手……已經……」

「是嗎？那可以了，停下吧。」

神子依言放下了木棒。

從背後到手掌，都有一種與麻痺類似的疲倦感。一種猶如上臂正狠狠龜裂的感覺傳遞了過來。

只要側耳傾聽，搞不好還可以聽見肌肉正發出咯吱咯喳的摩擦聲。

「那……那個……」

神子以不安表情抬頭望著艾莉絲。

她不明白為什麼要揮木棒。或許是在測試什麼。

想必讓她失望了吧。說不定會斥責說「這種程度怎麼可能變得像我一樣」。

讓她不由得湧起一股悲傷情緒。

「從明天開始，要每天都練。還有，在這座庭園也行，記得跑步。」

「咦？」

「要是不清楚怎麼做，就去問那些傢伙。」

艾莉絲筆直地看著神子。

神子就像是被那對瞳眸吸引那般，看見了艾莉絲的記憶。

映在眼底的，是在劍之聖地刻苦修行的每一天。

不吃不喝地揮劍，在雪中奔跑、吶喊、戰鬥，鑽研自己的過程。

那是相當單調的光景。

就只是艾莉絲從以前的艾莉絲，變化為現在的艾莉絲的光景。

雖然飽嚐辛酸，也有痛苦時候，但確實是塑造出現在的艾莉絲的過程。

「就能變得像我一樣。」

艾莉絲斬釘截鐵地如此說道。

若是魯迪烏斯在場，或許會說「不，應該沒辦法吧……」並露出苦笑。

但是，魯迪烏斯並不在場。沒有人負責吐嘈。

「那個。」

神子轉頭望去，看了特蕾茲的眼睛。

她的記憶裡面，烙印著她自身的訓練過程。

儘管被母親斥責，依舊在私底下努力揮劍，混在男人堆中練習對打，時而開心、時而難過，卻仍舊不放棄持續揮劍的記憶。

神子再看了看其他神殿騎士，一個接著一個。

雖然不及艾莉絲那般刻苦，但是他們的眼眸深處也有努力的記憶。不僅劍術，就連魔術甚至有關學問，都深深地烙印在記憶裡。

每個人都認為艾莉絲剛剛表達的方法非常中肯。

辦得到，可以辦得到。

肯定會很艱辛，沒有人輕鬆帶過。
但是，辦得到。
「就算是我……也辦得到嗎？」
「我想沒問題的。儘管您不允許學習劍術與魔術，但如果只是鍛鍊身體……大家都會願意一起指導您。」
回答的人是特蕾茲。
她邊看著背景邊這樣說道，但立刻又把視線轉回神子身上。
一邊看著她的眼睛，同時說出真誠的話。
「只是，請您發誓萬一遭到刺客襲擊，直到我們全滅之前也絕不會輕舉妄動。」
在那裡，有著以一知半解就去挑戰敵人，因此死去的貴族的記憶。
要神子別變成這樣的人，這就是特蕾茲的溫柔。
「是。我對米里斯大人發誓。」
神子一臉開心地點了點頭。
現場洋溢著一股非常溫馨的氛圍。
或許是被其吸引，在庭園裡到處轉來轉去的銀色貓頭鷹回來了。
牠歪著頭仰望神子，「嗷」的叫了一聲。
「哎呀……怎麼了？」

神子半蹲下去伸出手後，銀色貓頭鷹便像是要把癢的地方指出來似的挺出額頭。神子稍微用指甲輕撫，銀色貓頭鷹軟綿綿的羽毛便豎了起來，一臉舒服地瞇起眼睛。

艾莉絲看到這幕，忍不住蠢蠢欲動。

她非常喜歡獸族。但其實不光獸族，凡是有著鬆軟毳毛的生物一向是來者不拒。

儘管觸碰狗與貓的機會很多，但鳥並沒有。

雖說可以把正在飛的鳥砍落，但能夠不被如此巨大的鳥警戒就就如此靠近，實在很罕見。

「……噯，我也可以摸嗎？」

「是！當然可以。」

得到許可的艾莉絲，喘著大氣蹲了下去。

被這股氣勢震懾，銀色貓頭鷹畏縮地往後退了一步。

此時，艾莉絲停止了動作。

「……」

這時候動作太快是不行的。野獸出於本能，會畏懼比自己更快更強的生物。

雖說完全使其屈服就會變得乖巧，但若是想打好關係，就得避免讓對方認為自己是恐怖的生物。

這些話，是從身為寵物且已完全屈服的莉妮亞那邊聽來的。

事實上，自從開始遵守這段教誨之後，魯迪烏斯宅邸的寵物們也都不再對自己害怕畏縮。

如今都只會像是死心那般閉上眼睛。

以小心且緩慢的動作，艾莉絲把手伸出。

銀色貓頭鷹沒有動。眼神看似有些畏懼，而且還喘著大氣，但或許是尊重神子的意願，牠並沒有拒絕艾莉絲的手。

艾莉絲的手碰到了銀色貓頭鷹。

貓頭鷹的羽毛遠遠望去好似硬了一些，實際上卻很柔軟，讓艾莉絲的情緒高漲。

雖然想就這樣緊緊抱著把臉埋進去，但不能做到那種地步。

一旦這麼做，就會逃走。雷歐、莉妮亞以及普露塞娜都是這樣。

但是，只要不這麼做就不會有問題。

艾莉絲一邊這樣心想，同時來回撫摸銀色貓頭鷹。

銀色貓頭鷹的身體就宛如被獅子纏上的高角羚那般僵硬，但沒有一個人在意。

「您還滿意嗎？」

「鳥也不錯呢。」

享受了柔軟感覺一段時間的艾莉絲，兩頰泛紅地挺起身子。

同時心想雖然毛皮也不錯，但羽毛的柔軟度卻是不同級別。

此時，艾莉絲突然在意起某件事。

「那傢伙叫什麼名字？」

「咦？名字嗎？」

神子對這個提問歪了歪頭。

哎呀？名字？

「既然養了生物，取名字是常識啊。」

「是這樣嗎？」

「嗯，以前魯迪烏斯是這麼說的。」

神子瞬間陷入了苦惱。

說是名字，可是她既沒有取過，連自己也沒有。

儘管自己不被允許擁有名字，但確實是有比較方便。

「名字……」

看到神子深深煩惱，背景開始坐立難安。

「神子大人……」

「不如由我來。」

「不，我來。」

「說什麼傻話，得由神子大人決定。」

就在此時。一名男子在庭園現身。現在應該處於包場狀態的庭園，出現了一名闖入者。

「艾莉絲，我好了喔。」

沒錯，是魯迪烏斯。與克里夫道別之後，有點陷入感傷的氣氛，但這可不行，沒時間沉浸在感傷裡面。接下來又得戰鬥。我是機器人，必須以哨兵的心情行動才行——內心如此心想而板著一張臉的魯迪烏斯。

他看了庭園的狀況，歪了歪頭。

「那個，出了什麼事嗎？」

「正在決定名字喔。」

「名字……」

魯迪烏斯環視庭園。

一臉困擾的神子、不知所措的跟班、看起來還沒進入狀況的新隊長。

只是露出苦笑的特蕾茲。

他立刻理解了狀況。

那確實很傷腦筋。艾莉絲應該也沒有惡意吧。他如此心想。

「啊，由魯迪烏斯大人來決定如何呢？」

此時，神子如此提案。

雖然自己無法決定，但交給魯迪烏斯就沒問題了吧。

「咦？我來決定好嗎？」

「是，當然可以。」

語畢，魯迪烏斯露出為難表情。

他交互看著艾莉絲與神子。一邊心想不能取太平凡的名字，卻又因為突如其來的要求使得腦袋轉不過來。

他的腦袋就像倉鼠坐在滑車上轉啊轉地持續空轉，此時突然停了下來。倉鼠跌倒了。

此時想到的名字，是在他的前世與神子有關連的稱呼。

「那麼……………就叫娜絲。」（註：原文為ナース，指護士，出自PC遊戲《みこみこナース》）

「納斯嗎？真是好名字！你的名字從今天開始就叫納斯嘍！」

神子蹲了下去，撫摸在腳邊的銀色貓頭鷹（納斯）的頭。

看到這幕，魯迪烏斯小聲地「啊」了一聲。

「怎麼了嗎？」

「不，沒事。」

魯迪烏斯把視線從神子身上移開。

他把臉別開，就像是做了虧心事的傢伙一樣。儘管對這個舉動感到疑惑，但神子很滿足。

不僅見到了憧憬的艾莉絲，也決定了貓頭鷹的名字。從明天開始要做的事情也決定了。

她認為今天真的是美好的一天。

「艾莉絲大人。今天真的很感謝妳！」

「我還會再來的。到時再來看妳。」

「好的！」

艾莉絲也很滿足。光是能摸到貓頭鷹就令她心滿意足。

背景也很滿足。儘管因為艾莉絲拔劍一事讓場面稍微有些緊張，但既然神子滿足，自己當然也心滿意足。

明天開始要自己手把手，教導神子鍛鍊身體的方法。所有人都這麼想。

唯獨魯迪烏斯冒著冷汗。以一副「慘了」的表情別開了臉。

只有特蕾茲注意到魯迪烏斯的表情。發現他剛才到底是打算幫誰取名字。

不過她沒有說出口。

只是露出了苦笑。

這一切，銀色貓頭鷹（納斯）始終歪著頭看在眼裡。

就這樣，艾莉絲又增加了一名弟子。

從隔天開始神子變得越來越苗條，神殿騎士對她的待遇比現在還更像個偶像……然而那又是另外一段故事了。

閒話「特蕾茲相親」

那天，特蕾茲回到拉托雷亞家。

自從與魯迪烏斯的那件事之後，她回家的次數明顯變多。

特蕾茲年輕時也頂撞過克蕾雅，曾認為不會再踏入家門，然而隨著時間經過，開始工作，成為大人之後，便覺得「算了，反正她就是這種人」，開始接受了克蕾雅。

以前只要與克蕾雅見面，兩人便經常起口角，但自從與魯迪烏斯的那件事後，克蕾雅也減少了嘮叨次數，讓克蕾雅返家的理由與日遽增。

再加上只要回到老家，就算什麼都不做也會有食物上門，所以特蕾茲後來每隔幾天就會返家一趟。

特蕾茲雖說是騎士，依舊是貴族的女兒。應該有辦法僱用一兩名女僕或是幫傭打理家事，但被趕出家門的她幾乎等同於斷絕關係，只能倚賴騎士團的微薄薪水。當然，成為神子的護衛中隊長階級之後，自然能拿到足以養家餬口的薪水。

只是在米里斯，結婚之際多半是由女方帶著訂婚禮品嫁過去。

等同於被老家斷絕關係趕出家門的特蕾茲，並沒有放棄結婚的念頭。她夢想遇見白馬王子，日以繼夜地存錢。

雖說因為與老家恢復關係，存下來的錢也變得沒有意義，但還是自然而然地存了下來。

然而，此時對那樣的她毫無脈絡地說出的這麼一句話，可說是潑了她一頭冷水。

「那麼特蕾茲，妳打算何時結婚？」

這句話對特蕾茲而言可說是禁句。

夢想遇見白馬王子二十幾載。已經到了堪稱剩女的年齡。

如今根本不期望對方的條件。

「何時……？」

現在馬上。

這才是特蕾茲的真心話。

「妳也年紀不小了。有關以女人身分投入工作這事，如今我也不會多說什麼……但是妳也差不多該定下來了吧？」

「這種話是母親大人該說的嗎？」

「除了我以外還有誰來說？我認為妳也有妳的想法，但我是以母親的身分在擔心妳。」

「不，可是母親大人……如果要結婚，妳應該要先幫我找到對象啊。」

對米里斯貴族來說，結婚對象基本上都是由父母決定。

父母有幫孩子找到結婚對象的義務。

當然，並不代表禁止自由戀愛，只是那樣的案例實屬罕見。

特蕾茲之所以沒辦法結婚，除了她本身是個遺憾系女子之外，一方面也是因為沒有父母介紹，再來就是她與拉托雷亞家斷絕了關係，要是跟她結婚而與拉托雷亞家為敵就麻煩了，理由諸如此類。

話雖如此，既然特蕾茲與克蕾雅達成和解，如今應該也不再有那層顧慮。

「妳在說什麼啊？不是妳自己親口說不必的嗎？」

「……我有說過那種話嗎？」

「『被捲入權力鬥爭而死，就是妳所謂的幸福嗎？』，這句話我可是記得一清二楚。」

「嗚……這樣一講好像有說過。」

特蕾茲忘了。

「因為我認為妳有自己的想法，會靠自己找到，所以才會直到今天都沒說什麼。」

「是這樣啊……」

以特蕾茲而言，她自認已經對當時的事道歉。

彼此已經為當時的事情道過歉。

而且克蕾雅也打算以自己的方式認同特蕾茲的生活方式。

「……」

「……」

然而，兩人絲毫沒有想到會演變成現在的慘況。

「請讓我收回那句話。」

「既然這樣，就由我來找吧。我會找個配得上拉托雷亞家女兒的對象。」

「萬……萬事拜託……」

「真是的，妳從以前就是這樣。自己擅自決定，一旦狀況有變就擅自認為對方也應該諒解妳。聽好了，特蕾茲，身為米里斯的淑女——」

之後，克蕾雅持續喋喋不休了好一陣子，雖然特蕾茲因此顏面盡失，卻在心中擺出了勝利姿勢。

儘管事情向意想不到的方向發展，但起碼結果是好的。

★★★

因為妳也不是妙齡女子，要有找不到好條件的心理準備。

儘管特蕾茲一開始就被這樣鄭重告誡，然而幾天後上門的婚事，以特蕾茲來說卻是非常良好的條件。

摩凱特家的五男。

達斯克萊特·摩凱特。

年齡二十七歲。

職業是神殿騎士。

可是，他並未肩負什麼重責大任，簡單說就是預備役的立場。

因此基本上沒有工作，每日從早到晚都是到處閒晃。

光是這樣聽來，並不能算是很好的條件。

然而，特蕾茲本身有護衛神子的這項任務，薪水優渥，沒有生活上的顧慮。

加上特蕾茲擁有授予下位騎士任務的權限，乾脆由她指派工作也是個方法。

關於年齡，更是滿分。

以特蕾茲的興趣嗜好來說，她最喜歡的是成年前的年齡，但光是年紀較小就足以讓她接受。

因為她原本以為介紹的是年過四十，腸肥腦滿的大叔，可說是意想不到的幸運。

反而是克蕾雅說：「妳是拉托雷亞家的女兒，應該有更好的對象。」如此抱怨。

而且特蕾茲就算認為條件很好，也不會突然就考慮到結婚這一塊。

至少要先看過長相。

要是長相不錯，就絕對不會讓他逃掉。

她是這麼盤算的。

「這位是拉托雷亞家四女，特蕾茲．拉托雷亞。」

相親的會場是摩凱特家的宅邸。

相親時，會前往要結婚的當事人其中一方的家中進行。

雖然沒有特別規定要去哪邊，但多半是第一次去男方家，第二次則是去女方家。

首先由家長與當事人，加起來共四個人，互相視察對方的家庭。

從第三次開始，也會介紹其他家人。

簡而言之，就是要確認彼此的家庭規模大約到什麼程度。

比方說是否隱瞞借款，要是財政上有困難，傭人的態度也會很差；或是打掃是否確實，有無不良分子出入家中的痕跡等等，有時候也會發現某些問題。

當然，不論拉托雷亞家還是摩凱特家都是米里斯的知名貴族，終究只是形式上的確認。

「雖說年紀稍長，以一名淑女來說也有許多不足之處，但誠如兩位所知，她目前的工作是神殿騎士，想必也能理解丈夫的工作並從旁支持。加上本人也對這門婚事很感興趣，將來肯定會是一名賢妻。」

雖然是聽起來不知道在誇獎還是在貶低的介紹方式，但是特蕾茲早已料到。

她身穿平常鮮少穿的藍色禮服，拉起裙襬，優雅地行了一禮。

因為她為了這天練習過了。不，是被逼著練習過了。

「我是特蕾茲。請多指教。」

為了這天練習的笑容，以及為了這天練習的柔媚語氣。

然而動作卻很笨拙，甚至讓她後悔學生時代應該更認真練習。

「……呃！」

她打完招呼，看到對方長相的瞬間，僵住了。

「……」

看到特蕾茲的臉後板著一張臉的，是她熟悉的長相。

沒有鬍子，頭髮也梳理得很整齊。

特蕾茲所知道的他，平常就會像這樣仔細地打理儀容。

就算看不到頭盔底下的臉，他也認為不得失禮，因為服裝的散亂就是信仰的散漫。

噢，說來奇怪。

特蕾茲應該不認識達斯克萊特這名男性。

還是說達斯克萊特並不是他，而是站在身旁的中年女性？

「這位是摩凱特家的五男，達斯克萊特・摩凱特。雖說現在被分配到不重要的職務，但他有虔誠信仰，也很有本事，我想未來應該大有可為……」

中年女性如此介紹，看來這名男性果然是達斯克萊特。

「是……」

然而根據特蕾茲的記憶，這名男子從未被稱為達斯克萊特。

不過，毫無疑問是他。

自己絕不可能看錯。

畢竟他們幾乎是每天碰面。

「初次見面，我是達斯克萊特．摩凱特。」

他也如此報上名號。

然而，特蕾茲知道。他平常不會這樣自稱。

他自稱的總是……

「聖墳守護者」的達司特．伯克思。

沒有錯，就是那個人。

「……」

話雖如此，這其實也沒什麼好奇怪，特蕾茲也心知肚明。

「聖墳守護者」的成員，除了管理階層之外，皆有必須要隱瞞自己身分的義務。

儘管這麼做有各式各樣的理由，但基本上是為了保護名為神子這難能可貴的存在所做的措施。

從前曾有過神子差點被殺害的事件。

當時不是由「聖墳守護者」這個集團，而是由神殿騎士團的一隊擔任護衛。

某天，暗殺者盯上了神子。

儘管神子幸運獲救，但以此事件為契機，發現在部隊內有叛徒存在。

他因為家人被其他國家的間諜挾為人質，才會出賣神子的情報。

經過此事件後誕生的，就是「聖墳守護者」。

護衛會從對米里斯與神子抱有忠誠心，且相當有本事的無名人物當中遴選而出。

隱瞞身分，並藉由這點防止神子的情報外洩，戴上完全遮蔽長相的頭盔，藉此威嚇盯上神子的鼠輩。

隱瞞身分這點，在擔任神子護衛時有許多優點。

不讓身為副隊長的特蕾茲知曉部下的身分，當然是因為副隊長背叛的可能性最高。

順帶一提，之所以會知道長相，是為了防止裡面的人遭到替換。

「……」

現在身為副隊長的特蕾茲應該做的，就是「當作什麼都沒看見」。

知道達司特的真實身分，不管是對特蕾茲還是對達司特都不是好事。

彷彿什麼事都沒發生一樣取消這次相親，彷彿什麼事都沒發生一樣回到工作崗位。

這對他們兩人來說，可說是最好的結果。

或者，把被得知身分的達司特從「聖墳守護者」當中除名。

不過實際上，特蕾茲身為副隊長，有確認部下狀態的義務。

只要每天一起工作，也會察覺一些情報。

布里亞爾・賈門特，擁有一匹名為黑色贊歌的黑馬。

寇爾帝吉・赫德，在沒有值班的日子一定會特地前往鎮上的劇院。

由於工作特殊，單身者不少，只有斯卡爾・亞修有家室。

其他還有許多情報。

然後，只要巡著這樣的情報追查，就有可能探聽出真實身分。

根本就不可能完全隱匿。

所以，要將達司特從「聖墳守護者」除名，讓她有所顧忌。

那麼在這種情況下該怎麼辦？特蕾茲如此心想。

她臉上依舊掛著淑女般的微笑，家長之間則繼續交談。

（這傢伙，其實長得還不錯嘛。）

米里斯貴族的相親，會由家長自豪孩子開始。

基本上會說明孩子是什麼樣的人，有什麼過人之處，是基於什麼理由適合結婚。

在結婚之際，首先必須讓雙方家長認同，所以才會採用這種形式進行。

小孩會一邊聽著家長自吹自擂，同時取得對方的情報。

由於家長口中也有可能說出本人難以啟齒的事，必須特別關注。

只不過，特蕾茲的耳朵根本聽不進任何一句話……

「那麼，接下來就交給年輕人吧。」

然後，當家長們炫耀完之後，就會開始讓兩個人單獨對話。

幽會這種事，不管是在哪裡的世界，有家長在就是會綁手綁腳。

了解彼此的興趣嗜好，因為細微末節的小事而互相歡笑，或是聊些有家長在就難以啟齒的事……

是很風趣的時間。

順便說一下，在米里斯的淑女之間，認為這段時間是必殺時間。

要射中喜歡男性的芳心，重要的就是在此時不擇手段宣傳自己。

相反的，要甩開不喜歡的男性，也是這個時間重要的職責。

「呼～……」

確認家長離開房間後，特蕾茲挺起身子。達司特動也不動。

特蕾茲走到窗戶旁邊，把雙腳開至肩膀寬度，將雙手環在身後。

然後，她一邊歪著脖子，同時俐落地轉頭。

感覺是會附上「俏皮」擬音的姿勢。

若是十幾歲的女孩這樣做，是會令人不禁綻笑，感覺美麗，或是可愛動人，容易給對方好印象的姿勢。

但是由特蕾茲這種年齡的女性來做，是會容易讓人苦笑以對的姿勢。

然而，她的眼睛並沒有在笑。不是開玩笑。而是認真做出這個動作。

達司特的背部流竄一股寒氣。

自己現在被盯上了。

「達斯克萊特先生，您真是出色的男性呢☆」

從丹田深處，發出渾身解數的諂媚聲音。

因為她是這麼想的。乾脆就跟這傢伙結婚算了。

並不壞，真要說的話，反而是不錯的對象。

對工作熱心，至少也不會洩漏機密。雖說這次的事件確實是個敗筆，但如果是自己，也有辦法彌補他的失敗。

「咦……？特……特蕾茲……大人？」

「請直呼我的名字。畢竟我們可是要成為夫妻的。」

特蕾茲以婀娜的舉止將手放在臉頰，緩緩地朝向達司特的方向走去。

達司特聽到這句話，看到眼前的舉止，難掩心中顫慄神色。

但是，卻動彈不得。

在「聖墳守護者」當中，甚至被譽為判斷速度最快的——那個達司特．伯克思。

不久，特蕾茲逼近了達司特，在他旁邊坐下。

「我想，我們就算結婚也可以處得很好。雖然達斯克萊特先生在工作上似乎不怎麼順遂，

但我看起來這樣，好歹也是中隊長，薪水其實不錯……關於家裡請你不用擔心。特蕾茲·摩凱特……真是好聽。」

特蕾茲緩緩逼近，達司特則是拉遠距離。

儘管達司特慢慢逃開，但不久便被逼到了沙發角落，迫使他做出決斷。

「不，請等一下。」

「我不等……」

特蕾茲的手，緩緩地疊在達司特身上。

力道比想像中更強，令他感到對方「絕不放過」的決心。

但是，力量是達司特更勝一籌。

達司特甩開特蕾茲的手，立刻起身逃到了房間的角落。

被稱為「聖墳守護者」唯一的激進派，那個達司特·伯克思竟然……

「副隊長，這是什麼意思！是在開我玩笑嗎！」

「你說……開玩笑？」

遭到露骨拒絕，讓特蕾茲受到了打擊。

她注意到自己的色誘似乎是以失敗收場。

明明自己鼓足了天大勇氣，也從來都沒做過這種事。認為這是只會讓老公看到的一面……

「呼～……」

特蕾茲再次重重地吸了口氣。

看樣子，要佯裝不知情而達成結婚這個目標似乎有難度。

說得也是。可說是理所當然。為什麼會認為那麼做就能與隱藏身分的騎士結婚？因為特蕾茲已經慌了。

但是，特蕾茲也是了累積相當經驗的騎士。也曾好幾次陷入險境。

她再度起身，緩緩地走向窗邊。

把雙腳開至肩膀寬度，將雙手環在身後。

看到與剛才相同的姿勢，不明白她用意的達司特感到困惑。

「達斯克萊特……我就以這個名字稱呼你吧。」

「真是失態啊。達斯克萊特。想不到，你居然會被我知道真實身分。」

「特蕾茲……大人？」

「……是。」

聽到特蕾茲充滿威嚴的聲音，達司特不由得壓低了音量。

特蕾茲緩緩轉身。

與剛才不同，是有騎士風格，在腿腰使力的轉身。

她的瞳眸深處映出達司特逐漸縮小的身影。他並沒有像剛才那樣板著臉孔，而是一臉愧疚地歪著眉毛。

「說明清楚。為什麼會變成這樣？難道你沒有確認過相親對象的名字嗎？」

「報告！是在下的失態。沒想到副隊……我誤以為特蕾茲大人早已結婚，所以，那個，才會沒仔細確認名字……」

是在挑釁嗎你？

特蕾茲強忍想這麼回嗆的心情，繼續說下去：

「既然事情演變成這樣，我除了以副隊長的權限將你革職以外別無他法。否則的話，會害神子大人陷入險境。」

「……」

「你也知道，我很弱。儘管我自認有經過一定程度的努力，但是沒有像你們那種劍術與魔術的才能。是個凡人。萬一有人想加害神子大人，我肯定會被簡單捉住。」

特蕾茲的嘴巴動得相當流暢。

她的腦袋以驚人的速度運轉。然而，她卻不知道那只是在空轉。

「當然，不過是少了我一人，『聖墳守護者』的總體戰力並不會明顯下滑。儘管我認為指揮官是自己的天職，但你們每個人單獨戰鬥的能力也十分強大。可是很遺憾的。我已經知道你是誰了。要是我受到拷問，肯定會說出你的底細吧。摩凱特家的五男，達斯克萊特・摩凱特。想加害神子的人勢必會盯上你的家人。要是不想家人有任何不測，就說出『聖墳守護者』其他成員的身分。當然了，你也並不知情。於是對方會要脅你抓準時機，將他們一個一個收拾掉。

或者，他們會逼你殺掉神子大人。這是不被允許的。因此我思考過了。只要你和我成為家人就行了。由你來保護我。這樣一來，自然不會陷入那種事態。嗯，妙計。實在是妙計。你說對吧？」

特蕾茲滔滔不絕地說了一長串理論。

然而，在聽著這段話的過程當中，有些傻眼的達司特卻換了一個表情。

他收起下巴，端正原本稍稍後仰的姿勢，並抿緊嘴角。

他眼神沉著，以猶如野獸的眼眸注視著特蕾茲。

「副隊長。那是，不可能的。」

「你說……不可能……？」

特蕾茲的心情彷彿被鈍器敲擊。

也對，自己的年齡確實稱不上有多年輕。雖然達司特也不能說是適合結婚的年齡，但即使如此還是姊弟戀。

話雖如此，她好歹是拉托雷亞家的女兒，相貌端正，而且又以騎士身分持續活動身體，身材並沒有鬆垮。家世也有足夠分量。

既然這樣，是個性嗎？

「你指的，是哪裡不可能……呢？」

是可以改的嗎？

那就是問題所在。如果改得了，特蕾茲打算當場抱住部下（達司特）的腳，可悲地央求說「我會改的，

跟我結婚吧」。

「若是會危害到神子大人，我會將家人趕盡殺絕。」

「……啥？」

特蕾茲的動作停止了。

「這樣一來就不會有人質。之後，就算是同歸於盡我也會殺了那幫傢伙。所以要危害到神子大人，根本是不可能的。」

他以完全發瘋的眼神說道。

聽到這個回答，特蕾茲從剛才就持續空轉的腦袋降低了轉數，順利連上了齒輪。

然後她想起來了。

達司特・伯克思是狂信徒。

他信奉米里斯教到了瘋狂的境界，發誓要獻出一輩子守護名為神子的存在。

她是聖米里斯的轉世，自己宗教的象徵。

崇拜她、尊敬她，並徹底守護她。堅信那就是自己的信仰，不疑有他。

「聖墳守護者」就是這樣一群人的集合體。

「……」

同時，想結婚的心情也瞬間冷卻。

靈魂慢慢接受是自己判斷錯誤。

為什麼自己會想和這傢伙結婚呢？這傢伙明顯不是適合結婚的對象，明明自己也再清楚不過才對。

是因為感到著急。著急會使人忘記應該早已明白的事，會把理想認定為現實。所以才會讓她有了「反正長相好看就行了」的這種想法。

事已至此，特蕾茲該採取的手段只有一個。

「說得好。這才是『聖墳守護者』的達司特．伯克思，值得守護神子的信仰者。」

就是死守尊嚴。

「是！感謝您的誇讚！」

「記得今後別再發生這樣的失態，平時就要隨時繃緊神經。」

「了解！」

這樣一來，特蕾茲的尊嚴就守住了。

特蕾茲身為副隊長，看到部下漫不經心地出現在不能被知道真實身分的對象面前，測試了他的信仰，衡量讓他繼續擔任「聖墳守護者」是否會有疑慮。

迫於結婚，試圖逼迫部下的副隊長，根本就不存在。

「不過……」

此時，達司特笑了出來。

「不過，副隊長的演技實在很精湛。我都打了冷顫呢。」

「……你打了冷顫嗎？」

「因為，我實在是沒想到副隊長會用如此銳利的眼神逼近我。」

打了冷顫。

聽到這句話，讓特蕾茲大為光火。

為什麼得被失態的部下說成這樣？

我也以自己的方式努力過了啊。

當然，自己也覺得當初應該要更認真去上學校的禮儀規矩課，但即使如此——

「是深深吸引。」

「……咦？」

「由於太過美麗、太過可愛、差點就忍不住出手，是這樣對吧？」

不由分說的強制力。

達司特的額頭流下冷汗。汗流浹背，雙腳不停打顫。

沒錯，是恐懼。

無論對上任何強敵，都能以天生的信仰，堅定不移地奮戰到最後的「聖墳守護者」，達司特・伯克思感到了恐懼。

「不然，要我真的和你結婚也是可以。不，應該要這麼做吧？你是糊塗的男人。難保你不會再重蹈覆轍。要是和我結婚，起碼就不會再有相親找上門了嘛。」

「不，那個……」

「開玩笑的。像你這種人，我才不願意。」

特蕾茲這樣說完便挺起身子。

「今天彼此都沒有值班，但是從明天開始又要繼續神子大人的護衛任務。可別遲到啊。」

「……是。」

特蕾茲表現出騎士風範，讓裙襬飄揚，大步走出房間。

達司特目送她離開，擦拭額頭接連不斷冒出的冷汗。

「這是當然的結果。」

回到宅邸後，克蕾雅第一句話就如此說道。

「雖然妳看起來很失望，但那種程度的男人，不配擔任拉托雷亞家的女兒要出嫁的對象。充其量只是拿來練習。下次我會找來更好的對象，在那之前要先活用這次的教訓，表現出身為米里斯淑女的——」

克蕾雅開始又臭又長的說教，此時特蕾茲內心感到一抹不安。

第一個人，是達司特。

若只看家世，以結婚對象來說確實不壞，然而卻是最不適合當結婚對象的人選。

要是用同樣的方法去找，是不是又會遇見類似的對象呢……

「明白了。」

然而特蕾茲卻搖了搖頭，如此回答。

有一部分是因為既然是自己主動拜託克蕾雅，實在很難開口要她別再找……但是說穿了，她果然還是想要結婚。

沒什麼，怎麼可能會一而再、再而三找到差勁對象。

下次應該就會結成一段好姻緣。

「我下次也會加油。」

「就是這股氣勢。特蕾茲。雖說妳工作也很忙，但為了被人以淑女看待，記得要持續精進，訓練自己。」

「是！」

特蕾茲很有精神地回應。

後來，特蕾茲的預感不斷地精準應驗，然而這又是另外一段故事了。

閒話「猴子與狼」

★基斯觀點★

醒了。

挺起身子，轉動脖子「喀啦喀啦」地發出聲音，確認身體狀況。

手腳沒有麻痺，肚子也沒有不舒服。皮膚也沒有起奇怪的疹子。

雖然肚子稍微餓了些，但身體很健康。

「呼啊——」

走到帳篷外面，在打呵欠的同時伸了懶腰。扭腰讓關節喀啦作響，看著日出。

藉由看日出來確認方位。對比地圖與山脊，確認現在位置。

雖說昨天在太陽西下前也確認過了，但由於早上與傍晚的能見度不同，再三確認尤其重要。會迷路的傢伙，多半都沒確認自己的現在位置。

「今天是西邊啊。」

一邊望著要前進的方位，同時低喃了一句。身旁沒有任何會回應的對象。

今天也在夢中遇見了人神。

於日出同時往西走，在「菲尼爾林蔭道」生長的第三棵樹的樹根休息，要求第五台通過的

馬車讓你搭順風車。持續搭乘馬車一段時間抵達城鎮之後，就在一間名為「新綠之樹木亭」的旅社過夜。

這樣一來，我就能在不被魯德傭兵團的追兵發現的情況下移動……好像是這樣。

哎，根本搞不懂對吧。

如果是一般人，肯定會在某個階段起疑。畢竟他根本就不願說明為什麼這樣做就行的理由。所以，肯定會在某處做出與建議不同的行動，輕易就被捉到。我了解那種心情。因為，我以前也做過類似的事。

但現在的我，正遵從這番話活著。

因為我認為那才是正確的。

對我來說，人神的建議是絕對的。

——啊——不對不對，不用全講出來。

當然，不是只要遵從建議就能讓一切完美順利。也有過因為建議，而遇上不好回憶與難受體驗。而且頻率還相當高。

可是，我還是得說一句。

就是，那又怎麼樣？

因為啊，吶，想想看嘛。

就算不照他的話去做，還不是會遇上不好回憶與難受體驗？

本來就不可能一直遇上好事嘛。

可是，只要遵照建議行動，起碼就不會死。

證據就是像我這種沒有力量的傢伙，一直到今天為止，不管是踏入了多麼危險的場所，也還是能保住小命。

我啊，已經看過好幾次比我更有能力的傢伙抱著遺憾死去。

那可悽慘咧。平常那麼耀武揚威的傢伙只要死到臨頭，就會可悲地叫救命。喊著：「救救我，我不想死，媽媽——」

其實悽慘倒也還好。只不過，誇下海口說自己根本不怕死的傢伙，看起來就像是真正豪傑的那種人啊，幾乎無一例外都會變成那樣。實在很可怕。

人啊，都會自然去迴避死這件事。會發自本能覺得不想死。覺得死是可怕的存在。

我也很怕。我也不想死。

所以，只要他給的建議死不了，對我來說就足夠了。

人神讓我長生不死。活到了這把年紀。

雖然是壞神，但說起來也算是我的守護神。

而在距今好幾年前，向那個人神報恩的機會來了。

我在阿斯拉王國的酒館一如往常地喝得爛醉不省人事的時候，人神向我搭話。

他說，有件事無論如何都要拜託我。

人神開口「拜託」的時候，總是沒什麼好事。

之前聽了他請求的那次，故鄉毀滅了。

我把一輩子的淚流光，喊到聲嘶力竭。

這次肯定也會發生與那次類似的狀況。因為那傢伙喜歡在被完全當作自己人的時候背叛對方。我在故鄉毀滅一臉茫然的時候，那傢伙也是看著我的臉開懷大笑。

……本來我是這樣想，但感覺似乎不太對勁。

我可不是白白觀察別人的臉色活下來的。

我明白，人神之所以尋求我的幫助，是因為真的走投無路。

所以，我決定接受他的請求。

雖然也有可能是演的，但那傢伙並不擅長演戲……況且，既然他真的很傷腦筋，幫個忙其實也沒什麼問題。

畢竟他對我有恩，這點毋庸置疑。

人神好像被魯迪烏斯背叛了。

與其說背叛，反正肯定是像我那時一樣，原本打算趁他茫然自失的時候嘲笑一番，結果卻失敗了吧。然後，魯迪烏斯站到了人神的敵人那邊。是龍神奧爾斯帝德對吧？七大列強第二位，總之是個大人物。

其實呢，這部分怎樣都無所謂。

問題在於跟隨那個大人物的前輩，對人神來說是個棘手的存在。
人神擁有看得見未來的能力。
他看得見遙遠的未來，魔眼那類的根本無法相提並論。
所以不論對手是誰都能輕鬆取勝……但其實好像沒有那麼方便，也有幾項制約。
雖然沒有告訴我所有條件，但至少說了兩項。
首先，是一次只看得見三個人的未來。
另一個，就是看不見奧爾斯帝德的未來。
就算能看見三人份的未來，可是一旦與奧爾斯帝德扯上關係，那三個人的未來就會改變。
可是在人神的眼中，看起來好像會跟沒有關聯一樣。
人神好像總是待在那個白色房間，環視整個世界，卻偏偏就是看不見奧爾斯帝德。
然後，奧爾斯帝德的那份特性，不知為何也給魯迪烏斯繼承了。
是叫龍神的庇護來著嗎？
奧爾斯帝德因為詛咒還是其他什麼原因來著的，反正會讓他人感到畏懼，對他抱有敵意，所以與他有關的人數有限。他無法主動要求他人協助，也不存在任何同伴。
而現在因為有前輩居中調解，可以讓許多人成為他的同伴。
這會導致什麼樣的結果？
很不可思議的是，人神好像只能看見自己的死狀。

有一天，原本他用腳踩著倒在地上的奧爾斯帝德，放聲大笑的景象，突然顛倒了過來。

變成了被奧爾斯帝德用腳踩著，被他狠狠嘲笑的景象。

雖然我想說為什麼只看得見那個時候，不過，八成是因為人神與奧爾斯帝德同時在場吧。因為是以自己的眼睛看見的景象，所以才能連奧爾斯帝德也一起看見。

人神的能力怎樣來著，其實這對我來說也是無關緊要。

重要的是，魯迪烏斯的存在威脅到了人神。

人神好像認為必須快點殺死魯迪烏斯，因此動用了各種手段，打算讓魯迪烏斯從這世上消失。

可是，怎麼做都沒辦法順利。在阿斯拉王國，雖然派出了北帝以及水神，卻也沒得到滿意的結果。如果打不贏奧爾斯帝德也就算了，現在就連魯迪烏斯也贏不了。

再這樣下去，魯迪烏斯會陸續增加伙伴。

此時，人神想到了一個妙計。

要是三個使徒贏不了，增加數量不就行了嗎？

簡而言之，就是要模仿魯迪烏斯。雖然奧爾斯帝德沒辦法增加同伴，但由於前輩居中調解，得到了會成為他左右手的伙伴。

人神雖然只能操縱三名使徒，但只要讓其中一人負責召集伙伴，以結果來說就算是獲得了三名以上的部下。

喔喔，真是好主意。

而那個擔任召集伙伴的絕佳人選，就是我啦。

雖然也想過為什麼是我……算了，人神是那種一旦利用完了，就可以踐踏對方重要東西扔到垃圾桶的傢伙。八成也只能找我了吧。

所以只要把召集來的伙伴，找個適當時機全部一擁而上，那魯迪烏斯的小命也就沒了。

好啦，如此這般，我現在為了召集人神的伙伴四處奔波。

時間限制，是到人神訂定的「適當時機」為止。

雖然時間不多，但目前為止還算順利。

不過，這個召集伙伴的任務，其實相當辛苦。

基本流程來說，人神先想好「就決定是你了！」的人物，我再去和對方碰面，接著用三寸不爛之舌攏絡對方，要他趕在「適當時機」之前移動到「集合場所」。

而人神相中的那群傢伙，都不是什麼好惹的角色。

雖說實力毋庸置疑，但總是會有什麼缺點，基本上就連能不能溝通也令人匪夷所思，盡是些有著奇怪的問題，不知道在想什麼的傢伙……算了，也正因為這樣，才會願意聽我這種可疑人物說話嘛。

只是人數很少。包括我在內，用兩隻手就數得出來。

相對的，本領都是頂級水準。有舉世聞名的好手，甚至還有在米里斯的童話故事出現的角

色。

老實說，比起那種傢伙，還不如找些只要灑錢還是什麼的就能僱用的膚淺傢伙，拉攏一百個甚至是兩百個當同伴還比較好……雖然我這樣提案，卻遭到拒絕。

人神害怕背叛。他討厭身邊有一堆那種沒辦法看見未來，不知道會怎麼行動的傢伙。

不過，這個想法很合理。

畢竟，人神幾乎沒有人望那種玩意兒。

如果魯迪烏斯他們唆使那群傢伙背叛，結果是顯而易見。

前輩雖然看起來那樣，其實很擅長拉攏同伴，要是有煩惱就會跟著一塊煩惱，要是有問題就會一起解決，就算是人渣也不會丟下不管而是痴痴等待。明明擁有那麼驚人的力量，卻對弱者很溫柔。

所以不能靠人數。確實沒錯。

不巧的是，我也沒有能操控群眾的領袖魅力。

愈是增加同伴，增加敵人的可能性也就愈高。況且也會增加不聽從作戰的傢伙，到時候就算能贏的也贏不了。

所以才要以少數精銳。

起碼要挑背叛機率很低的傢伙。而且還得是管用的那種。

把魯迪烏斯和奧爾斯帝德的弱點告訴那群傢伙，交給他們去解決掉。

唔——……

雖然這話不該由我來說，但他是不是最好再稍微相信別人一點啊？因為就是那樣吧？就算是不三不四的鼠輩，只要找一大票人過來，能做的事情自然就會變多啊。沒有高風險，自然不會有高報酬嘛。

但不管怎麼說，現在的我是人神的使徒。

老大的話是絕對的。

不過，關於這次的事情，倒是稍微被老大訓了一頓。

為什麼當時沒有殺死魯迪烏斯。只要下個毒一發就能搞定了吧？

嗯，您說得對。

話是這樣說，但我自己也有一套的必要規矩。

該怎麼說呢。我背叛了前輩。換句話說啊，這等同於我背叛了保羅。我敵對的對象是自己認為絕對不會背叛的人的兒子，當然會很難下手。所以啦，有必要做個了斷。

不過，人神倒是沒辦法接受我的說法。

我也是很~了解自己才這樣說的。要是就那樣毒殺他，我大概會在最後的最後把事情搞砸。肯定會在哪個環節退縮。

可是，既然做出了結，就不會發生這種事。

我是認真地下定決心，要與魯迪烏斯·格雷拉特為敵。

所以啦，我今天也一如往常，為了乞求不為人知的高手相助，開始移動。

這是第幾人來著？是第三個人，還是第四個人？

不管哪個傢伙都是一夫當關、萬夫莫敵，我曾以為一輩子也不見得遇得到一次，更不可能會和他們交談。

甚至認為他們是存在於故事當中，那種高高在上的存在。

可是實際交談過後，意外發現……不對，也沒什麼好意外的。

每個傢伙都是人類。

都是平凡的人類。

不過個性倒是有些古怪。

尤其是第一個人，他可是有名到連我都知道，同時也是非常有人性的傢伙……

★ ★ ★

我想想，對了，那是在人神拜託我事情，經過了一段時間之後的事。

在前往那傢伙的所在處前，我收到人神的指示做了各種行動。

比方說，在阿斯拉王國的老古董倉庫深處，取得沉眠其中的魔劍刀身；以及跑到王龍王國的某座山丘，得到該處墳墓裡的劍柄，然後委託能駕馭魔劍的鐵匠請他幫忙修復；或是在魔大陸的詭異部族那邊，取得他們所釀的酒。

要是問我那是做什麼用的，其實我也不清楚。

算了，問過人神情報之後，以我自己的方式思考後的結果，應該就只是這種東西會有派上用場的一天。也就是所謂的有備無患。沒有用上自然是再好不過。

除此之外則是蒐集情報之類，但我獲得的情報不可能比人神更多，經常都是白忙一場。

總之我遵照人神的指示，移動到了北方大地。

因為我不是像前輩那樣使用古代龍族的轉移遺跡，移動上很費時間是個難處，不過老實說，除了古代龍族的遺跡之外，也存在著好幾個轉移魔法陣。雖然不清楚奧爾斯帝德知不知道這些地方的存在，但他應該是沒在用，所以我是用那些進行移動。

畢竟數量不多，不可能涵蓋世界各地，不過倒是能去個大概的場所。

我遵照人神的指示移動到離目的地最近的城鎮，大量購買防寒用具，在開始積雪的地形吃力地移動。

目的地是被森林圍繞的溪谷。

森林是魔物的住處。勢必會出現魔物。

不是像我這種既沒武器也沒護衛，獨自一人可以踏進的場所。

但是，我很明白。

只要照人神所說去做，在適當時機踏入森林，在適當時機做出必要舉動，肯定能不撞上任

何魔物就抵達目的地。

舉個例子，人神說過：「在路上有棵巨大的托爾涅爾樹，你在樹下的洞穴前面慢慢數到二十之後再前進。」

我遵照指示，每當看到托爾涅爾樹就會尋找下面是否有洞。

不會看漏。既然人神都這樣說了，我就有找到洞穴的命運。

雖說是找到了，但其實也沒什麼特別。

在能不能塞進一個小孩都是問題的小洞穴前面，我並沒往裡面偷窺，也沒從裡面拿出任何東西，而且也沒有東西從裡面爬出來，在雪花紛飛的森林中，我只是緩緩數了二十秒。

結束後也什麼都沒發生。

不管有沒有搞清緣由，我要做的就是快步離開現場。

順帶一提，要是故意待在這裡可是會遭殃的。

坦白說，畢竟我也是S級冒險者，知道這個洞穴是什麼魔物的巢穴。

叫雪地雄鹿（Snow Buck），是一種很像巨鹿的野獸在幼體時期會生活的場所。冬季期間會在裡面度過，到春天才會出來。

至於為什麼要躲在這種洞穴裡面，無非是要從天敵手中保護自己。

所謂的天敵，就是其他的肉食野獸以及魔物那類。

而棲息在這座森林，能稱得上雪地雄鹿天敵的，就是冰爪虎（Ice Claw Tiger）。

會一邊挖雪一邊前進追趕獵物，等對方一大意就發動突襲。

老實說，雖然完全沒注意到，但我剛才恐怕是被冰爪虎給跟蹤了吧。

不過在這裡，有比我更容易襲擊，更美味的獵物。

可憐的雪地雄鹿幼體，祝你早日超生。

總之，所謂的知道未來，就是這麼一回事。

雖然有危險但不會死。不會發生預定之外的事，儘管多少會受傷，但一定能達成目的。

我就像這樣穿過了森林。

穿過森林之後，來到了溪谷。

溪谷吹著寒風，陡峭的山崖結著冰。谷底的河川浮著冰塊。

「嗚嗚……」

根本不是冷不冷的問題。好想快點回去。

我壓抑這種心情，側眼看著結冰的山谷，就這樣走了大約半天路程。

於是，找到了通往崖下的通道。

往崖下走去，再順著溪谷逆流而上之後，發現了那傢伙。

他把背靠在一塊碩大的岩塊，像是抱著劍那樣坐著。

他的眼前有篝火，串刺的肉塊正發出燒烤聲音。

是什麼肉？

就算不說明我也很清楚。

為什麼？因為男子與篝火的後面躺著一具屍體。

那傢伙有巨大的尖牙與利爪，身體被猶如白雪的鱗片覆蓋。

是Ｓ級魔物——雪龍（Snow Dragon）。

是原本Ａ級的雪山龍獸（White Drake）的突變個體，擁有雪山龍獸兩倍以上的體格，會從嘴裡會吐出冰之氣息，並運用高度的水魔術。活動方式不是以翅膀飛行而是以跳躍移動，用那雙粗壯的腳在溪谷三角跳躍襲擊獵物。

分類上並不算龍，但比一般的雪山龍獸更接近龍，基本上也與龍擁有同等力量，所以才被命名為雪龍。

不僅是罕見魔物，而且還會襲擊雪山龍獸的群聚，獵食牠們的暴君。不是一個人就能狩獵的魔物。

但是，他卻打倒了。只憑一己之力。

是怎麼辦到的，我甚至沒湧起這樣的疑問。因為，這個男人就是做得到。

我打算站在那個男人的前面。

當我跨過某道線時，背脊為之一顫。

是殺氣。

接下來就是我的距離。要是靠近可得做好覺悟啊。他的言外之意是這麼說的。
我抿緊幾乎僵硬的嘴角，努力地擺出笑臉。是隱藏畏懼，看起來充滿自信的笑臉。
我帶著滿臉那樣的笑容，站在男人的前面。
雖然對方不是我這種人能俯視的對象，但畢竟他坐著，這也沒辦法。
「誰啊你？」
他的盤問，是非常冷靜的聲音。
不是威脅，也沒有威嚇，只是以平淡語氣。就像是在詢問唐突出現的我名字叫什麼。
「我叫基斯。」
所以我這樣回答，但是——
「我不是問你名字。」
看樣子是我會錯意了。
那麼，好啦，該說什麼才好？我想說的話可是堆積如山。
但是，我決定一句話都不說，先站在這個男人面前。
這種類型的男人最討厭高談闊論。因為他擁有比長篇大論更有說服力的東西。
順帶一提，世間一般將其稱為「暴力」。是我沒有的能力。
這傢伙所擁有的暴力，在那當中也是特別高檔。是值得信賴，就算在全世界也是屈指可數。
是至少不會遭到背叛的力量。

只不過這個場合不需要暴力。更何況我也沒有。

只要沉默就行。

「怎麼每件事都那麼莫名其妙啊。」

看吧。因為我沉默不語，男子就自己說起來了。

「前陣子，我作了個夢。夢裡有個自稱人神的傢伙出現，說什麼希望我協助他。只要聽他的吩咐，我就能實現願望。為了拿出證據，他告訴我這裡的位置。然後這傢伙就出現了。」

男子用大拇指比著背後的雪龍屍體。

喂喂，人神大爺啊，怎麼不先說一聲。你居然用這種方式把他找來啊。

如果是我，發現被人叫來的地方出現這種傢伙，肯定會以為自己中了陷阱。

「雪龍……記得是在我年輕的時候遇到，險些喪命才從牠手中逃走的對手。也是我明明想著總有一天要殺掉，卻在不知不覺中忘記的對手。真沒想到居然會在這種地方遇上。」

噢，原來是這麼回事。

原來如此，算是實現對方的心願嗎？反正人神很擅長這種把戲。

總之，他似乎不認為自己被設下陷阱。即使遭到雪龍襲擊也不這麼認為。

哎呀呀，真是剛毅啊。

「殺了牠之後，你就來了。」

男子接下來指著我。

「猴子臉……你這傢伙，是叫基斯嗎？」

此時，他總算轉向我這邊。

第一次看到這男子的臉。

男子的臉看起來不怎麼強。對於一年到頭都在觀察別人臉色的我來說，只要看到臉，就可以大概推斷那傢伙到底是強是弱。

話雖如此，也不是以長相凶不凶狠作為判斷基準。

是表情。

很強的傢伙基本上都是一臉積極表情。畢竟平常就有努力，也不會覺得有什麼辛苦。認為那是理所當然。可以清楚地評斷自我，不輕易動搖。因此，也不會莫名虛張聲勢。

男子雖然沒有虛張聲勢，但看起來正在動搖。

一直相信的自我評價遭到某人徹底打碎，混雜著疲憊與焦躁，不知道該如何是好。那樣的想法寫在臉上。

這也難怪。

畢竟這傢伙輸了。被認為絕對不會輸，就算會輸也是將來的事，被這樣的對手徹底地教訓到體無完膚。

所以，害得他至今的言行舉止與信念產生動搖，變得無所適從。

甚至連自信也沒了。

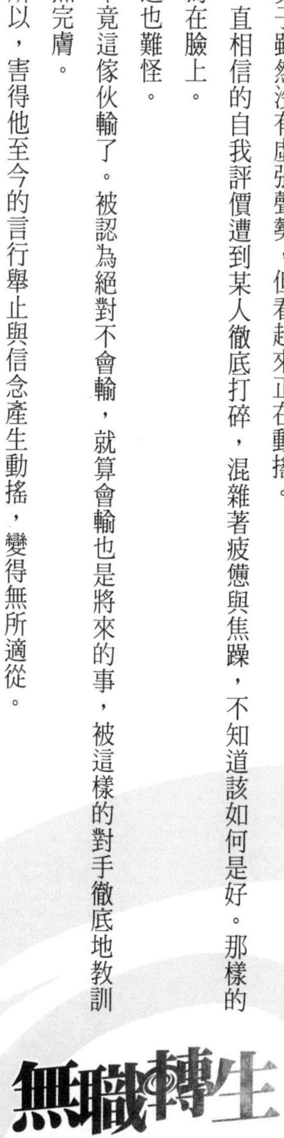

簡而言之，就是喪家之犬。

我很清楚。因為那種傢伙我已經看過好幾個了。雖然那些傢伙不像他實力如此出眾，但即使如此也有不錯的本領，他們高傲的銳氣遭到重挫，變得頹廢不振的那副模樣，就算我想忘也忘不了。

話雖如此，不管再怎麼消沉，也不會因此喪失實力。

這個人依舊是個高手，可用性毋庸置疑。

「快說明。」

聽到這句話，我總算開口。

想說的事情要多少有多少，聽過這傢伙的簡歷後我就想了各式各樣的說詞。

所以，才會直到現在都保持沉默。

像這種類型的，要是我這種只會耍嘴皮子的傢伙突然滔滔不絕地說了起來，肯定會開始發飆，就像是驚風發作那樣。

得先保持沉默，直到他以平常幾乎沒在用的小腦袋來思考，發現雖然摸不著頭緒，但總之也只能先聽對方怎麼說，如果不先忍到這個階段就根本沒戲唱。

所謂的談話呢，就是把話傳達給對方的一個工程。

「首先，這個嘛……我是人神的代理人。」

「代理人？」

哎呀，竟然連代理人的意思也不知道啊。這種沒學問的傢伙真討厭。

算了，反正我也壓根沒去過學校。

「人神會實現你的願望。相對的，因為他有件小事想做，目前正在招兵買馬。至於我嘛，簡單來說就是僕人，被他任命站在第一線指揮召集過來的人馬。」

「哈，願望是嗎……你們，知道我的願望是什麼嗎？」

此時，男子用手撫摸腰間劍柄。

喔喔，好可怕。

雖然只是輕撫，但要是他有那個意思，會在我眨眼的瞬間拔劍，然後屍首分離。也搞不好是右眼和左眼跟我說再見。

總之，這傢伙的言外之意是這麼說的。

要是鬼扯的話就殺了你。

要是這個回答搞砸，我就會死。

但是，我知道這個男人的願望。事前人神就告訴過我，這傢伙為什麼會一副喪家之犬的表情待在這種地方自喪頹廢。

話是這樣說，但我不禁心想，要是搞錯答案的話……

拜託啦人神大爺。

要是死在這裡，就連我也笑不出來啊。

「龍神奧爾斯帝德。」

我感覺現場氣氛的溫度一口氣下降。

但是，既然能感覺到這點，就說明這個回答是正確答案。要是感覺不到寒意，就表示我已經死了。

好啦，接下來就是我的工作了。說中了絕對不可能被說中的答案，對手的腦袋變得一片空白，我要不斷說話，讓他再也用不了那顆小腦袋。

「你的願望是打倒龍神奧爾斯帝德。過去在他手下敗北，從此你以最強為目標持續修行，後來你是抵達了某個階段的終點，但回過神來卻被束縛給綁得死死的，甚至不再思考要去挑戰的目標，最強的敵人。」

「人神的目標也是奧爾斯帝德。只不過，人神是希望奧爾斯帝德去死，而不是打倒他。而且是不擇一切手段。」

「你呢，就是那個手段。抱歉，憑你一個人是贏不了的，所以我還會再找幾個人。」

「喂喂，別擺出那麼可怕的表情啦。我有說錯什麼嗎？你應該也知道吧？你自己一個，是贏不了奧爾斯帝德的。」

「但是，即使如此你還是會想挑戰。你應該一直都想這麼做。否則，就不會離開長年居住的家，拋棄長年依靠的事物，甚至連家人也丟下不管，過著這種流浪生活。以你的本領，不論是在阿斯拉王國也好王龍王國也罷，肯定能找個滿意的地方仕官。應該也能去想去的地方才對。我有說錯嗎？啊？」

「我能給你的，是挑戰奧爾斯帝德的權利。就算你再這樣一輩子流浪下去，搞不好也遇不到奧爾斯帝德。就算去挑戰，對方八成也是不理不睬，讓你吃閉門羹。但如果是我，就能幫你準備最棒的舞台。能幫你創造出一個奧爾斯帝德既逃不了也躲不了，只能與你戰鬥的狀況。」

「慢著，我知道。我知道的。你想這麼說對吧？『自己沒有挑戰的資格』。

「確實，你在輸給奧爾斯帝德時，應該已經下定決心。不會再輸第二次。不管是奧爾斯帝德，還是其他傢伙，你都絕不會輸。實際上，你直到最近一直是戰無不勝。每個傢伙都被你碎屍萬段。」

「但你確實輸了。品嘗到第二次的敗北滋味。明明已經下定決心，卻被輕而易舉擊敗，就像平常自己輕鬆解決的雜碎那樣輸了。所以才會像個喪家之犬，有氣無力地四處徬徨。也沒有去找奧爾斯帝德，就只是到處漂泊。我懂的。你覺得自己沒有資格對吧？覺得輸過一次的自己，沒有挑戰奧爾斯帝德的資格。」

男子的眼光變得銳利。

但是，劍還沒飛過來。

取而代之飛過來的，是一句話。

「……不對。」

「是啊，不對！當然不對！大錯特錯！」

可以溝通。這傢伙有在聽我說話。

所以他才會回應，沒有揮劍而是動了喉嚨。

「你說沒有資格？別開玩笑了！你有資格。任何人都有資格。可不是嗎？為什麼非得成為Ｎｏ．２，才能去挑戰Ｎｏ．１？為什麼輸給了其他傢伙，就不能挑戰奧爾斯帝德？那種事是誰決定的？誰也沒這麼決定吧。這樣一想，你就比誰都更有資格。要說為什麼，因為你一路努力到今天，就是為了挑戰奧爾斯帝德啊！」

男子的眼中看得見陰影。

他在迷惘。還差一點。

「你應該要去挑戰。不管是可能會贏還是可能會輸或是能力不足甚至是身體狀況不佳都沒關係。這樣反而好啊，反而更好不是嗎？長久以來束縛你的枷鎖已經解開了。你就別想那麼多去挑戰看看吧？」

「結果說不定是以難看敗北收尾，但是那又怎樣？繼續漫無目的地到處徬徨，總有一天上了年紀衰老而死，這樣子好嗎？你不是那種小角色吧？」

「根本不需要迷惘。抓住我的手。然後，去挑戰奧爾斯帝德，如何？」

我這樣說完，將手伸出。

「……」
男子以陰沉、迷惘、停滯不前且沉著的眼神，看著這邊。
或許我稍微說過頭了。
一口氣給出情報，決定好該怎麼做後再讓對方思考，這才是上策。
但是，像這種傢伙要是給太多情報，反而會頓時停止思考。因為他至少會給出回應附和，我想說應該不要緊，但搞不好他其實根本沒在想。雖然我不認為他是那種傢伙，但畢竟狀況特殊嘛。
不過反過來說，要是想透過對話冗長地誘導他的思考也是行不通的。他肯定到途中就會覺得麻煩，根本不願聽我說話。
所以才要一口氣給出情報，決定好該怎麼做。
結論打從一開始就在這傢伙心裡。妨礙結論的某個存在也在這傢伙心裡。那麼，只要給個藉口就行了。
再來，他就會以對自己有利的角度去思考。
我認為應該是這樣才對。
如果是比我頭腦還好上許多的傢伙，或許會稍微再冷靜思考一下，但這傢伙應該不是那樣。
「……」

男子暫時沉默了一陣子。

這裡很安靜。

雪龍作為住處的這個溪谷，完全不存在其他魔物。

沒有風，從凍結的溪谷甚至聽不見水聲。

只有烤肉啪啪作響的聲音，告訴我時間正在不斷流逝。

男子很安靜。

絲毫沒有任何動靜，甚至會以為他是不是已經死了。簡直就像是不存在於這裡似的，感覺氣息彷彿消失無蹤。

一感到安靜，我就開始怕了起來。

安靜就代表只有我一個人。我一個人什麼都辦不到。要是現在不知從哪裡闖來一隻魔物，我就死定了。

當然，多少會做點抵抗，但我對自己沒有自信，不敢說絕對能逃掉。

所以我才要……

「要我去當別人的手下賣命，我可是敬謝不敏。就算我落魄到跟個人渣沒兩樣也是。」

突然，男子這樣說道。

他沒有握住我的手。反而把手放在腰間的劍上。

我流下冷汗。不妙，我的全身細胞都在告訴我快逃。

但是，腦袋卻做出抵抗要我別逃。我知道就算逃走也沒用。

這個男子能在我眨眼的瞬間，就把我切成八等分。

我的屍體會被埋在雪裡，屍體在被直到春天才爬出來的蟲吃掉之前，想必會一直留在這裡。

可是，我沒有被砍。

這個男人不會戲弄別人。要是有心想砍只要一瞬間。為什麼……？

我這樣想時，聽見男子低喃一句。

「喂，猴子臉。你為什麼在做這種事？」

這個提問簡直像是在表示：「在死之前先聽你說說」。

「出現在本大爺面前，滔滔不絕地講些屁話，最後卻被砍掉腦袋，成為一具悽慘的屍體。你沒想過那種可能性嗎？」

我想過了啊。

想到腦袋都快破了。

每當面對勃然大怒的傢伙，我就會拚命動腦，壓抑幾乎要發出慘叫的喉嚨，先耍嘴皮子安慰對方。

我倒想反問一下，你知不知道我一直以來為了不惹毛像你這樣的傢伙，到底是費了多少苦心啊？

「你想讓他實現什麼願望？促使你行動的理由是什麼？」

「理由……？」

我壓根沒想到他會這樣問。

但是，的確是這樣，以旁觀者的角度來看，確實很不可思議。

「那當然是因為，基於我對人神大爺虔誠的——」

「可別說是為了信仰什麼的無聊答案啊。」

殺氣撫過我的身體。

毫不留情令腳顫抖，震動喉嚨深處。

殺氣強到讓我不禁心想，剛才為止面對的到底是什麼。甚至讓我產生自己該不會已經死了的錯覺。

「所謂虔誠的信徒，我也有看過。就是米里斯教導騎士團的那群人。他們的氣概簡直就好像是為了神明什麼都願意做。從你身上，感覺不到那股氣概。」

慢著慢著，要是把那群傢伙和我相提並論可就傷腦筋了。

說到米里斯的教導騎士團，不就是貨真價實的狂信徒嗎？

不過，這樣啊。要挑戰奧爾斯帝德，就是那麼一回事嗎？

確實，這麼一說也對。七大列強第二位。畢竟是這個男人想賭上人生打倒的對手嘛。

雖然以我來說，要戰鬥的對象終究還是前輩啦……

算了，其實以我的角度來看也沒啥兩樣。

絕對贏不了的對手，一根寒毛也傷不了的對手，他是問我，為什麼非得賭上性命與那種存在戰鬥。

要是理由輕浮，就不會追隨我。

不過，也對。

是為什麼呢？

我為什麼會答應人神的請求啊……

「……」

這次，輪到我沉默不語。

在這種急性子的傢伙面前一聲不響地站著不動，根本就是自殺行為。

但不可思議的是，這個男人願意等我。雖然是急性子的傢伙，但如果是站上頂尖的急性子，也是有辦法稍微等一下啊。

……

沉默再次支配現場。

突然想起的，是以前的事。很久以前的事。

出生之後，成為冒險者，然後遇見人神之前的事。

我出生在魔大陸南方的小村子。是村長兒子，五兄弟中排行老三。與村民的平均生活相較之下，至少可說是活得無拘無束。

只不過，對當時的我來說，卻感到很不自由。

一切都很不自由。

不僅剛出生就決定好了未婚妻，將來要從事的工作也早已註定。

村長兒子的工作，就是過著他人決定好的人生。只要能完成這份工作，就算其他工作都做不好也不成問題。

我被分配的工作是記錄。清點村子採收的作物與狩獵物，還有將這些東西拿去交換的外部進口品、交易品，以及村子全體物品的數量，然後寫在某個地方，以簡單易懂的方法彙整。

只有這樣。

至於是不是重要工作，確實是很重要。

現在的我，已經看過物品管理不善的商店，或是不懂得怎麼花錢的冒險者，自然能明白這個重要性。

不過當時的基斯小弟是這樣想的——無聊透頂。

我能辦到更多的事情。不管是劍還是魔術，只要有學習機會就能馬上變成高手給你們看，再不然就是去哪個國家仕官，肯定能完成名留青史的創舉。

我如此誇下豪語，卻被老爸痛揍一頓。

「認清自己的斤兩。」

那是老爸的口頭禪。

現在仔細一想，老爸的那句話，想必是在看穿了我這個男人的資質之後才說的。這孩子有什麼樣的才能，將來能辦到什麼事。以父母的角度，或許會自然而然就看得出來。

當然，我並不知道。

我怎麼可能自己有多少斤兩。因為，我連知道的機會都沒有。

所以我才會離鄉背井。把工作扔下不管，離家出走，趁商人來村子交易時躲進馬車離開村子，把家人和未婚妻全都拋下，逃到了附近最大的城鎮。

我的傳說將從這裡開始。

當時，我對此深信不疑。

可是，立刻就看清了現實。

劍術與魔術都慘不忍睹。甚至連一般人也不如。

除此之外嘛，好歹是跟一般人沒兩樣。但是絕不會比別人出眾。

而且我是拚命練習，才勉強達到了比一般人稍有本事的程度。根本遠遠不及那個領域的高手。

我打算多方面嘗試，從中找到自己的才能。

可是沒辦法。我終究還是跨越不了與一般人沒兩樣的領域。

凡人。不管怎麼看都是凡人。

就算這樣，我還是嘗試以冒險者的身分活動。

因為我有夢想。因為我捨棄了一切。怎麼可以現在放棄，恬不知恥地回去村子。

或許是因為我的才藝精通到會讓我想嘗試學習各種技能，F級的委託根本不在話下。我是獨行冒險者，也不是沒辦法一邊忍受天寒地凍一邊努力生活。

不過，根本不滿足。

F級的冒險者委託，簡而言之就是雜事。

鎮上的便利屋，雜工。

和待在村子時有什麼兩樣？我要做的才不是這種事。

我想要完成熱血沸騰的冒險，完成讓所有人聽到都會震撼的豐功偉業。

那就是我的夢想。

所以，我打算去完成夢想。笨拙地握著劍，穿上二手裝備，拚命地召集同伴，打算移動到鎮外，接下採取或是討伐的委託。

白費功夫。

全滅了。

就和魔大陸上大部分的新手隊伍相同下場，我們幾個也遭到魔物輕易蹂躪。

我之所以能活下來，多虧了出發前作的夢。

只有一整面白色地板不斷延伸，空無一物的空間，無法判別長相的男子給了我一道神諭。

萬一演變成這種狀況，這麼做就行了。

那種感覺不急不徐，讓我以為只是單純的夢罷了。

當然，我作夢也沒想到事情居然會變成和那傢伙所說的一模一樣。

然後，事態猶如理所當然那般惡化。

同伴的頭在眼前被吃掉，只剩我一人，無處可逃，在流著淚水與鼻水的同時，我所採取的行動，卻是照著神秘男子所給的神諭去做。也就是所謂的慌不擇路。

我活下來了。

於是從那天開始，基斯小弟就成為了人神的使徒。

人神使徒的生活，對我而言可說是天國。

人神會教導我劍術與魔術，儘管不會授予我像魔眼那般的力量，卻會告訴我未來。

我利用那個「未來」，不斷地往上爬。

輕易解開了原本憑我這種貨色根本無法解決的難題，讓一群厲害的傢伙另眼相待，成為了他們的同伴。

用「未來」幫助厲害的傢伙，受到他們信賴。

和那幫傢伙展開了熱血沸騰的冒險。

每一天都很開心。

「看。我說得沒錯吧。除了打架以外，我什麼都辦得到。」

只是像這樣自豪地說話，我就很滿足。

感覺自己就好像變成了一流的存在。

感覺就像是成為了無所不能的存在。

那群厲害的傢伙，認同我是同等的存在。只要這樣就好了。

只要周圍那些不入流的傢伙，能把我與那群厲害的傢伙當作同類，我就滿足了。

故鄉被毀滅之後，我加入了「黑狼之牙」，雖然後來人神告訴我未來的機會減少，但也不需要太去思考那些事情。而且隨著保羅起舞的每一天都很開心。

不過，即使如此他偶爾還是會出來，救了我好幾次。

對我而言，人神的建議已經屬於人生的一部分。

多虧有他，我才能當上稱職的冒險者。

但是，總覺得有種空虛感。

黑狼之牙解散，我一個人到處漂泊的時候，那種心情更是強烈。

不是靠自己的力量完成某件大事。那種愧疚的心情一直常駐在內心某處。

要是因此而使得打架能力變強倒也能培養個自信，可惜我根本沒啥力氣。

要是不知道未來，就只是個跟著強大的傢伙、厲害的傢伙，彌補那些傢伙不足之處的存在。

以謊言所包裝的，虛榮的冒險者。

很適合金魚糞這個詞，老是耍小聰明與嘴皮子的人生。

一樣也沒有，沒有任何能力堪稱一流的存在。

這樣下去好嗎？

到頭來，我到底想做什麼？想成為什麼？

那樣的心情，始終都存在我內心一隅。

「……你可能沒辦法理解，但我的人生總是翻不了身。」

嘴裡說出的，是毫不掩飾的真心話。

根本稱不上說服。單純是我內心的寫照。

「借用別人的力量，撒謊、跟隨別人，老是以三寸不爛之舌獲得別人的施捨，從來沒有自己作主達成什麼豐功偉業。」

我根本沒有自己的目的。

曾有過夢想。想要來一場驚奇的冒險，想成為名留青史的偉人。不對，不需要做到那種地步。歷史什麼的根本無所謂。

我啊，該怎麼說，沒錯，是想成為厲害的傢伙。

我是有冒險過。可是，卻從來沒有站在領導位置指揮伙伴。

我想去的地方，從來沒帶大家去過。

想必我早就知道了。在內心某處，明白這終究是借來的力量，就算仗著這種東西以什麼為

目標邁進也沒有任何意義。只要人神一個不爽，隨時都會失去一切。

所以，我從未以什麼為目標。要是以什麼為目標，肯定會發生壞事，無法觸及。

漂泊不定活得歡樂自在，做起事來總是講求效率。

這樣一來一切都會很順利。

是忌諱。

我一直這樣認為。

……不過，現在卻有點不同。

人神需要我的幫助。那個絕對的神，降臨到了我身邊。

他需要我的力量。被認為一事無成的，我這個人渣的力量。

換句話說，要是打贏這場仗，不就能證明我很厲害嗎？

總是察言觀色，用謊言去包裝謊言，自己一個人就一事無成的我，不就能成為我所憧憬的強者了嗎？

「所以，該怎麼說……」

不過，這是值得賭上性命的理由嗎？

我的內心告訴我這是錯的。那種事情根本無關緊要。

那種事情，老早在以前就得到答案，而且也接受了吧。

我明白。我其實沒什麼大不了的。劍術與魔術都一竅不通。雖然比別人稍微會了些雜務，但並不是成了某種領域的高手。不管到什麼時候，都是樣樣通樣樣鬆的猴子臉雜碎。

可是，可是……

「不能就這樣結束吧。」

我說完後閉上了嘴。

被自己這句說得理所當然的話嚇到。

這樣啊，原來我是這樣啊。是這樣想的啊。

我以為已經用自己的方式在享受人生，以為只要像現在這樣歡樂自在地活著，總有一天橫死街頭也沒差，但我其實是這樣想的。

「不能就這樣結束……是嗎……」

男子，把劍從手上鬆開。

是失去幹勁了嗎？表情也沒有那麼凶狠。

「哈，說得對。你說得一點也沒錯。」

儘管這句話並沒有經過深思熟慮就說了，但仔細想想，也很符合這名男子的現況。

不能就這樣結束。

不管是我，還是這個男人。

「好吧。」

男子握住了我一直伸著的手。

「我就當你的手下吧。」

露出猙獰的賊笑，男子這樣說道。

實在太過簡單，甚至讓人掃興。

不過，我現在的確說服他了。說服這個世界最頂尖，在人族之中可說是無人不知，無人不曉的強力劍士。

「那麼，我該做什麼才好？當你的護衛就行了嗎？」

「不……」

我拚死忍住嘴角快要揚起的笑容。

或許是不用壓抑，但我還是不由自主地忍住。

像這種時候，不可以露出賊笑。賊笑的表情會讓人疏遠。是忌諱。

「總之，你就先移動到這個場所。之後的事情會慢慢告知。還有，就算看見我也別像個熟人一樣過來搭話啊。因為我得隱密行動。」

我把一張地圖遞給男子。

決戰之地已經決定了。除了要勸誘這些傢伙之外，我還得在那裡進行事前準備。

因為我不打算輸，要慎重，花費時間，確實完成。

「知道了。不過事先聲明啊，我不擅長演戲。要是不想穿幫，就別進入我的視線。」

男子收下後這樣說道，便逕自開始走離。

就像是在表示根本就不認識我，當作不存在一樣。

不錯嘛。真不愧是為了劍而活的武人。不做多餘舉動，也不想聽無意義的事。只會去做已經決定好的事情。

雖然以棋子來說絕對不算好用，但非常強力。

那樣的男人，成為了我的手下……是嗎？

「……」

我目送男子離去的背影，直到看不見為止。

接著等到看不見後——

「好耶！」

我把拳頭舉向天際。

★ ★ ★

仔細想想，第一個人很簡單。

頭銜絕對是毫無疑問的大人物，還散發出根本不允許我這種人站在自己前面的氣場，但光是講個幾句，就自己想通成為了同伴。

所謂的時機就是這麼回事吧。

我經常在思考煩惱的，可是絕對不是為了說服他而說的那句話，偶然與那傢伙的心情一致。在他消沉、煩惱的時候，說出一句正中心窩的邀請詞，任誰都會敞開心胸。

說只是因為這樣，也確實如此。

我做得很好。雖然也有偶然要素，但我成功說服了。

不過，人神大爺啊。

我呢，自從與那個男人對話之後，一直這樣想。

我們啊，是不是有哪裡搞錯了……

再這樣下去，好像會在哪掉進什麼奇怪的陷阱……

吶，人神大爺——

你知道嗎？

賢勇者艾達飛基·齊萊夫的啟博教覽 1 待續

作者：有象利路　插畫：かれい

令人有股衝動想跳起來向所有奇幻經典
下跪謝罪的劃時代「汙點之作」橫空出世!!

具備最強稱號「賢勇者」的男人帶著徒弟（文靜巨乳美少女）一同制裁社會背後所潛藏的邪惡。然而實際上卻是全裸帥哥（賢勇者）與罄竹難書的一群變態伙伴交織出滿滿無厘頭笑料——儼然就是某種「沒在怕的社會禍害」（女主角胸圍也順便縮水了）。

NT$240/HK$80

怕痛的我，把防禦力點滿就對了 1~9 待續

作者：夕蜜柑　插畫：狐印

系列累計突破120萬本！
【大楓樹】全員晉級，戰力更上層樓！

【大楓樹】全體突破第八次活動預賽，晉級為期三天的求生式激烈複賽。他們踏平危險的複賽場地，擊破痛宰無數玩家的最高難度魔王怪，甚至建立起堅不可摧的要塞？最後還與【聖劍集結】和【炎帝之國】並肩作戰，展開最高戰力盡出的大決戰！

各 **NT$200~220/HK$60~75**